Ferdinand von Schirach

Regen

Eine Liebeserklärung

btb

Gottfried Benn, »Was schlimm ist« wurde zitiert aus: ders.,
Sämtliche Werke, Stuttgarter Ausgabe. Band I; Gedichte 1.
In Verb. m. Ilse Benn hrsg. v. Gerhard Schuster.
Klett-Cotta. Stuttgart 1986

MIX
Papier | Fördert
gute Waldnutzung
FSC
www.fsc.org
FSC® C014496

Penguin Random House Verlagsgruppe FSC® N001967

1. Auflage
Genehmigte Taschenbuchausgabe Januar 2025
btb Verlag in der Penguin Random House Verlagsgruppe GmbH,
Neumarkter Straße 28, 81673 München
Copyright © 2023 Ferdinand von Schirach
Copyright © des Interviews: Sven Michaelsen
Das gebundene Buch erschien im Luchterhand Literaturverlag, München,
in der Penguin Random House Verlagsgruppe GmbH
Covergestaltung: buxdesign | München
unter Verwendung eines Motivs von © Ruth Botzenhardt
nach einer Vorlage von »Das Mädchen von Beroia«
Druck und Einband: GGP Media GmbH, Pößneck
KLÜ · Herstellung: han
Printed in Germany
ISBN 978-3-442-77481-4

www.schirach.de
www.btb-verlag.de
www.facebook.com/penguinbuecher

Regen

Eine Liebeserklärung

Mögen Sie Regen?

Ich bin klatschnass. Ich stand zwanzig Minuten draußen, da drüben vor dem blauen Haus. Und die ganze Zeit regnet es schon.

Regen, das ist White Noise, weißes Rauschen. Es gibt mittlerweile eine Fülle von Regenaufnahmen. Die hören Sie, wenn Sie nachts nicht einschlafen können. Regen in Cornwall, Regen in Bhutan oder – sehr selten, weil es da ja fast nie regnet –: Regen im Köcherbaumwald in Namibia. Kann ich stundenlang hören. Am besten ist natürlich der Klassiker: Regen im Regenwald. Liegt auch nahe. Wenn es da nicht mehr regnet, ist es sowieso vorbei.

Inzwischen gibt es auch Pink Noise. Pink Noise ist wie White Noise, nur wärmer. Aber ich bleibe beim Klassiker.

———

Wissen Sie, ob man hier rauchen darf? Ah ja, danke.

In Berlin darf man noch im Restaurant rauchen. Also nicht offiziell natürlich. Offiziell ist das längst verboten, wie überall. Aber ab elf Uhr abends, nachdem alle gegessen haben, stellt man Ihnen eine Untertasse auf den Tisch. Aschenbecherersatz.

Wenn die Anti-Raucher-Fraktion das wüsste, die würde durchdrehen. Aber solche Leute gehen ja nie ins Restaurant. Die gehen auch nicht ins Café. Die gehen in die Natur, in den Wald und umarmen die Bäume.

Schauen Sie mal aus dem Fenster. Das blaue Haus, die Nummer 5. Die Treppe. Vor sechs Monaten wurde sie dort umgebracht. Deshalb bin ich hier.

Ich bin nämlich jetzt Schöffe. Wissen Sie, was das ist? Laienrichter, ja. Zum Schöffen wird man »berufen«. So nennen die das. Und wenn Sie einmal berufen wurden, kommen Sie da nicht mehr raus. Ich hab's versucht, glauben Sie mir. Auf dem Berufungsschreiben war eine Telefonnummer angegeben. Ich habe dort angerufen, obwohl ich nicht gerne telefoniere. Das Telefonieren ist ja immer zu direkt.

Eigentlich bin ich Schriftsteller, müssen Sie wissen. Das ist ein sehr langweiliger Beruf. Da passiert nichts, was man sehen kann. Der Schriftsteller im Film sieht deshalb auch nie gut aus. Im Film muss er vor einer Schreibmaschine sitzen. Auch in ganz neuen Filmen muss er auf einer Royal Quiet Deluxe oder einer Underwood Standard herumtippen. Eine Zumutung ist das, niemand schreibt doch noch auf so einem Ding.

Sobald er dort sitzt, vor der Schreibmaschine, gibt es zwei Möglichkeiten. Entweder er starrt, rauchend und trinkend, auf das eingespannte leere Blatt Papier und ihm fällt nichts ein. Oder er schreibt in einer einzigen Nacht einen ganzen Roman. Der wird dann ein Weltbestseller, natürlich. Am Ende tippt der Schriftsteller »Ende«

———

darunter. In Großaufnahme: »Ende«. Ist auch meistens das Ende des Films. Ich kann Ihnen versichern, ich habe noch nie »Ende« am Ende geschrieben. Und noch nie einen Roman in einer einzigen Nacht. Leider.

Es ist unverständlich, warum es überhaupt Filme über Schriftsteller gibt. Das, was sie tun, ist kein bisschen romantisch oder aufregend. Das Herstellen eines Tisches ist weitaus interessanter. Oder eine Autojagd. Oder ein Luftröhrenschnitt mit einem Steakmesser, wenn einer im Restaurant gerade eine Gräte verschluckt hat. Alles gute Szenen. Aber das Schreiben? Taugt nicht als Bild.

Beim Schreiben können Sie Lücken lassen. Ihr Leser füllt diese Lücken mit den Bildern aus seinem Kopf. Beim Film geht das nicht, da müssen Sie alles zeigen. Das ist der große Unterschied.

Stellen Sie sich vor, eine Frau überquert mit ihrem Hund die Straße. Sehen Sie? Es geht gar nicht anders. Tatsächlich sind jetzt eine Frau und ein Hund in Ihrem Kopf. Aber schon mein Hund sieht ganz anders aus als Ihr Hund. Ist es ein Pudel oder ein Pitbull? Oder ist es ein chinesischer Faltenhund mit spitzen Zähnen? Im Film aber sehen wir alle die gleiche Frau und den gleichen Hund.

Und so ist das immer. Selbst bei Marcel Proust können Sie sich sicher sein: Die Madeleine in seinem Kopf riecht anders als die Madeleine in Ihrem Kopf. Sie denken vermutlich nicht gleich an Combray und die Tanten und an Monsieur Swann. Aber vielleicht erinnern Sie sich an die Ferien in Florenz, als Sie 14 Jahre alt waren und zum ersten Mal Botticellis *Primavera* gesehen haben und glücklich waren.

Wenn man schreibt, ist man alleine. Etwas anderes ist gar nicht möglich. Das Schreiben ist kein demokratischer Prozess. Es ist das Gegenteil. Aber später gehören die Bücher nicht mehr dem, der sie geschrieben hat. Sie gehören jetzt dem, der sie liest.

Denken Sie nur an *Frühstück bei Tiffany*. Truman Capote, der das Buch geschrieben hat, wollte für die Rolle der Holly Golightly unbedingt Marilyn Monroe. Können Sie sich das vorstellen? Er wollte nicht Audrey Hepburn, sondern eine Frau, die in jeder Beziehung das Gegenteil war. Er hatte ein ganz anderes Holly-Golightly-Bild in seinem Kopf. Ein völlig falsches, wenn Sie mich fragen. Genau das ist der Zauber der Literatur – sein Bild spielt für mich keine Rolle.

Bücher sind ja oft klüger als ihre Autoren. Das ist beruhigend.

Ich sagte der Dame vom Gericht, die ich wegen der Sache anrief, ich wäre als Schöffe vollkommen ungeeignet. Ich sei Schriftsteller, mein Beruf sei das Schreiben. Vielleicht, so sagte ich, sei das Schreiben ja auch so etwas wie das Urteilen, weil man beim Schreiben ebenfalls entscheiden müsse, nämlich welche Worte man verwende und welche nicht. Aber beim Schreiben würde man doch nur über Worte urteilen und nicht über Menschen. Ich sei jetzt 59 Jahre alt, der weitaus größte Teil meines Lebens läge also hinter mir, und trotzdem könne ich von keinem einzigen Menschen sagen, ich würde ihn vollständig kennen. Am allerwenigsten könne ich das von mir selbst behaupten. Das Urteilen über Menschen komme mir deshalb heute nur noch wie eine große Dummheit vor.

Obwohl das alles sehr interessant sei, sagte die Dame, sei es doch unerheblich. Es gibt nicht viele Menschen, die noch das Wort unerheblich verwenden. Das mochte ich.

Ich sagte, dass Urteile oft furchtbare Folgen hätten. Sie solle nur an den jungen Paris denken, dessen Urteil die stolze Stadt Troja in einen zehn Jahre dauernden Krieg stürzte. Oder an Sokrates, den griechischen Philosophen. 500 athenische Richter hätten ihn, den freundlichsten und klügsten Menschen, zum Tode verurteilt. Oder an Jesus Christus. Oder an Galilei. Oder an Dreyfus. Ich sagte noch eine ganze Menge andere Dinge über das Schreiben und das Urteilen, bis sie mich unterbrach.

Der Dienst als Schöffe, sagte die Dame, sei Bürgerpflicht. Sie war sehr streng und sehr bestimmt.

Mein Einwand, dass es doch nicht sinnvoll sein könne, ausgerechnet mich, der ich ja kaum mit meinem eigenen Leben zurechtkäme, über ein fremdes Leben entscheiden zu lassen, wurde auch als unerheblich zurückgewiesen.

Das Wort unerheblich gefiel mir jetzt nicht mehr so gut.

Heute war dann der erste Tag der ersten Hauptverhandlung. Der Fall schien mir eindeutig. Ein junges Ehepaar. Sie streiten sich. Das Thema: Eifersucht. Er sagt zu ihr, sie sei eine Hure. Sie sagt zu ihm, er habe einen zu kleinen Penis. Die Sache eskaliert. Am Ende sticht er ihr ein Messer in den Hals. Sie verblutet auf offener Straße. Genauer: Auf den Treppenstufen vor ihrem Haus. Da drüben. Das ist der ganze Fall.

Der Mann wird festgenommen, gesteht, kommt ins Gefängnis, wird angeklagt, und jetzt, sechs Monate nach der Tat, wird über seinen Fall verhandelt. Ich bin einer von zwei Schöffen. Ich soll also über diese Tat urteilen und über diesen Mann.

———

Die Verteidigerin des Mannes sagt, er sei vermindert schuldfähig gewesen. Er habe seine Frau im Affekt getötet. Warum? Weil seine Frau gesagt habe, er habe einen zu kleinen Penis. Deshalb sei er durchgedreht. Wegen dieser Behauptung.

Merkwürdig, oder? Scott Fitzgerald hatte auch so ein Problem mit seinem Penis. Zelda, seine Frau, hatte zu ihm etwas Ähnliches gesagt. Scott Fitzgerald brachte Zelda aber immerhin nicht gleich um, sondern er ist mit Hemingway aufs Klo gegangen. Hemingway hat dort nachgesehen, ob Scott Fitzgeralds Penis wirklich zu klein ist. »Du bist völlig in Ordnung«, sagte Hemingway dann zu ihm. »Du bist okay. Dir fehlt nichts.«

Vielleicht habe ich das mit dem zu kleinen Penis auch nicht richtig verstanden. Wir werden am zweiten oder am dritten Verhandlungstag dazu eine Sachverständige hören. Nein, nicht zur Größe des Penis – zur Frage des Affektes. Eine Psychiaterin.

Hemingway erklärte Scott Fitzgerald damals, dass Zelda ihn mit der Bemerkung über seinen

Penis nur außer Gefecht setzen wollte. Das sei die älteste Methode der Welt, jemanden außer Gefecht zu setzen, sagte er. Ich bin gespannt, was die Psychiaterin darüber weiß. Oder besser gesagt: Ich war gespannt. Jetzt gibt es nämlich ein anderes Problem. Und an dem bin ich schuld.

Wenn Sie noch nie bei Gericht waren, kennen Sie die Abläufe natürlich nicht. Sie müssen sich das so vorstellen: Zu Beginn der Verhandlung liest der Staatsanwalt die Anklage vor. Dann antwortet der Angeklagte darauf. Oder auch nicht. Er kann das halten, wie er will. Diese Entscheidung ist alleine seine Sache.

Bei uns wollte der Angeklagte etwas sagen, und während er sprach, habe ich mich gefragt, ob er weiß, was der Tod ist. Ob er das wirklich weiß. Ich meine nicht das Umbringen. Das Töten ist nur das mehr oder weniger Technische. Ob es ein Messer war oder Gift oder ein Kleiderbügel – das spielt doch keine Rolle. Die entscheidende Frage ist, warum jemand etwas tut.

Dann dachte ich darüber nach, was ich über den Tod weiß.

Es gibt diesen Moment, in dem Sie die Sache zum ersten Mal vollständig begreifen. Plötzlich verstehen Sie die Worte: »Für immer«. Diese Worte breiten sich in Ihnen aus, sie besetzen jede Zelle Ihres Gehirns, es wird Ihnen unmöglich, noch etwas anderes zu denken. Das »für immer« hat die Macht, das zu tun.

Was kann man schon vorher darüber wissen? Nichts. Wenn der andere beim Abendessen aufsteht, um ein Glas Wasser zu holen und umfällt und tot ist. Wenn das passiert, wissen Sie noch nichts.

Die Ärzte sagen Ihnen, es sei ein Aneurysma im Gehirn gewesen, die Aussackung eines Blutgefäßes. Sie wissen nicht, was die Aussackung eines Blutgefäßes sein soll. Später lesen Sie alles darüber, um zu verstehen, was passiert ist. Wissen gibt Halt, glauben Sie. Sie täuschen sich.

An ihren Händen seien keine Abwehrspuren

gewesen. Das bedeute, so wird Ihnen erklärt, dass sie schon tot gewesen sei, bevor sie umfiel. Sie sei schon tot gewesen, bevor sie mit dem Gesicht auf das Parkett aufschlug. Mit dem Gesicht, das Sie besser kennen als Ihr eigenes Gesicht.

Und dann erst verstehen Sie es. Die ganze Sache ist sehr einfach. Alles erschöpft sich in einem einzigen Satz: Wir werden sterben. Verstehen Sie das? Ich meine, ist Ihnen das wirklich bewusst? Sie werden sterben, in Kürze sind Sie tot. Sie werden sterben, ich werde sterben, der Angeklagte, die Vorsitzende Richterin, der Kellner, wir alle. Gerade noch sitzen wir hier, aber in ein paar Jahren oder auch nur in ein paar Stunden sind wir tot. Und alles, was wir sind und waren, wird mit uns tot sein. Für immer. Das war's. Das ist schon unsere ganze sinnlose Geschichte. Mehr gibt es nicht.

Wusste der Angeklagte das?

Ich glaube nicht.

Er wusste nicht, dass man sich irgendwann nicht mehr richtig an ihr Gesicht erinnern kann und sich deshalb schämt. Dass man ihr Parfum kauft, weil man Angst hat, auch noch ihren Geruch zu vergessen. Dass alle Bilder sich nach und nach auflösen und am Ende nur dieses verfluchte »für immer« bleibt.

Die Vorsitzende und die beisitzenden Richter befragten den Mann sehr lange, und er antwortete, so gut er konnte. Dann durfte ich ihn etwas fragen. Ich hatte aber nur eine Frage. Es ist tatsächlich die einzige Frage, die für mich zählt.

Sehen Sie, wir können jedem vergeben. Unseren Eltern, unseren Kindern, unseren Freunden und selbst unseren Feinden. Nur uns selbst können wir nicht vergeben, das ist nicht möglich. Niemand kann sich selbst seine Schuld erlassen, das kann nur der Gläubiger tun. Ihre eigene Schuld verjährt nicht. Damit müssen Sie leben. Oder eben auch nicht.

Ich stellte dem Angeklagten also diese eine Frage. Ich fragte ihn, welche Strafe er sich selbst gebe. Der Mann sah mich erschrocken an. Ich glaube, er verstand die Frage sehr gut.

———

Gerade als er antworten wollte, ging seine Verteidigerin dazwischen. Sie stand auf und sagte, sie müsse einen unaufschiebbaren Antrag stellen.

Ich vermute, Sie wissen nicht, was ein unaufschiebbarer Antrag ist. Ich wusste es bis heute auch nicht. Das bedeutet, dass der Angeklagte einen Richter wegen der Besorgnis der Befangenheit ablehnt. Das muss der Angeklagte sofort tun, sonst ist es verwirkt. Nur deshalb heißt der Antrag unaufschiebbar.

Die Verhandlung wurde eine halbe Stunde unterbrochen, und dann sagte die Verteidigerin, der Angeklagte befürchte, ich hätte ihn schon verurteilt. Ich hätte ja nicht gefragt, *ob* er sich eine Strafe gebe, sondern *welche* Strafe das sei. Damit hätte ich einen Schuldspruch bereits vorausgesetzt.

Die Verteidigerin nannte mich in ihrem Antrag immer wieder den abgelehnten Schöffen. Der abgelehnte Schöffe habe das gesagt, und der abgelehnte Schöffe habe das gedacht, und so weiter. Das klang wie eine eigene Anklage und war mir sehr unangenehm.

Im Beratungszimmer sagte die Vorsitzende, ich müsse jetzt eine sogenannte dienstliche Erklärung schreiben. Ich solle aufschreiben, ob ich mich befangen fühle. Zwei oder drei Sätze würden reichen. Aber die Vorsitzende sagte auch – und das kam mir seltsam vor –, ich solle mir dabei nicht zu sehr im Weg stehen.

Die Vorsitzende war mir bis dahin streng und distanziert vorgekommen. Intelligent auch, ja, sehr intelligent sogar. Aber jetzt war sie warmherzig und freundlich zu mir. Das ist ein schlechtes Zeichen, dachte ich. Wenn ein Arzt plötzlich warmherzig und freundlich zu Ihnen ist, sind Sie garantiert todkrank, und eine furchtbare Operation steht Ihnen bevor. Es ist besser, wenn der Arzt distanziert und professionell unfreundlich ist. Dann können Sie beruhigt sein.

Ich fragte, was das eigentlich sei – Befangenheit. Die Vorsitzende erklärte es mir. Warten Sie. Ich habe es aufgeschrieben.

»Befangenheit: Wenn bei verständiger Würdigung des Sachverhalts Grund zur Annahme besteht, dass der abgelehnte Richter eine Haltung einnimmt, die seine Unparteilichkeit und Unvoreingenommenheit störend beeinflussen kann.«

Sagen Sie, was meinen Sie? Ist das nicht Unsinn? Können wir überhaupt irgendetwas unparteiisch und unvoreingenommen beurteilen? Schon wenn ich hier ein Glas Eiswasser bestelle, ist das doch voreingenommen, weil ich ja vorher weiß, dass ich das mag. Mit Minze. Die Minze gehört immer ins Eiswasser. Die meisten Barkeeper machen das nicht von sich aus. Man muss sie erst darum bitten. Zitrone geht auch, aber Minze ist weitaus besser.

Ich habe noch nie eine dienstliche Erklärung geschrieben. Ich war ja auch noch nie in einem Dienst. Ich habe eine Art Lyrik geschrieben, aber noch nie eine dienstliche Erklärung.

Das mit dem Schreiben ist schwierig, das kann ich Ihnen versichern. Ich habe in meinem Leben nur ein Buch geschrieben. Kein sehr dickes Buch, eher ein schmales. Vierzehn Gedichte in einem Band. 23 Seiten, fester Umschlag.

Es sind eigentlich keine Gedichte, es sind gedichtähnliche Gedichte. Gedichte können Sie heute nicht mehr schreiben, das ist unmöglich. Nur gedichtähnliche Gedichte gehen noch, wenn überhaupt.

Deshalb habe ich den Band auch »Statt Gedichte« genannt. Als Wortspiel, verstehen Sie? Als Kurzform von »Anstatt Gedichte«.

Ich habe die gedichtähnlichen Gedichte drucken lassen. Kleine Druckerei, die setzen noch Bleibuchstaben. Sehr schön, Büttenpapier, Tiefdruck, alte Maschinen, Menschen, die noch wissen, was sie tun. Ich kann da bloß nicht mehr hin.

Der Drucker verstand meinen Titel »Statt Gedichte« nämlich nicht. Er dachte, meine Vorlage sei falsch. Er glaubte deshalb, es sei besser, wenn er den Titel ändere. Zu meinem Wohl, davon gehe ich heute aus. Der Drucker kannte mich ja kaum, und dass man heute nur noch gedichtähnliche Gedichte schreiben kann, wusste er vermutlich nicht.

Er druckte deshalb auf das Buch: »Stadtgedichte«. In einem Wort. Wie Gedichte über die Stadt.

Ich schrie den Drucker an, obwohl ich sonst nie schreie. Mitten in seiner schönen alten Druckerei. Er hätte den Band dann ja gleich »Glattgedichte« nennen können oder »Plattgerichte« oder was weiß ich wie, schrie ich völlig außer mir.

Dem Drucker war das sehr peinlich, und mir war hinterher die ganze Schreierei auch sehr peinlich.

Nur sie las die gedichtähnlichen Gedichte, der einzige Mensch, dem ich sie gegeben habe. Sie sagte, sie seien sehr gut. Das meinte sie ernst. Sie hätte nie die Unwahrheit bei so etwas gesagt. Das konnte sie gar nicht.

Dass die gedichtähnlichen Gedichte sehr gut seien, sagte sie, bevor ich sie drucken ließ. Dann schrie ich den Drucker an, und abends war ich noch immer wütend. Sie wollte mir ein Glas Wasser holen und schlug mit dem Gesicht auf das Parkett auf. Ohne Abwehrspuren. Bis heute habe ich nichts mehr geschrieben.

Die Sache mit dem Drucker und den Stadtgedichten ist jetzt 17 Jahre her.

Die Vorsitzende sagte, eine dienstliche Erklärung müsse der Wahrheit entsprechen. Das ist wie bei den gedichtähnlichen Gedichten, dachte ich – die taugen auch nichts, wenn sie nicht wahr sind.

Gut, also die Wahrheit. Die ganze Wahrheit nach bestem Wissen und Gewissen.

Kennengelernt habe ich sie in Athen. Im *Grande Bretagne*.

Gutes Hotel, kann ich empfehlen, wenn Sie mal in der Stadt sind. Alle wohnten schon dort: Henry Miller, Sophia Loren, Brigitte Bardot, Gunter Sachs, Jackie Kennedy und so weiter. Und ja,

Truman Capote, der von *Frühstück bei Tiffany*, war auch dort. Aber wo war der nicht?

Es gibt ja immer die Leute, die überall schon waren. Hemingway ist ihr Anführer. Kennen Sie eine Bar, in der Hemingway nicht war? Wenn Sie heute eine Bar eröffnen, bekommen Sie von dem Getränkelieferanten als Erstes ein Foto von Hemingway in Ihrer neuen Bar. Das kreuzen Sie an, wenn Sie die Einrichtung der Bar planen: Hemingwayfoto – Ja / Nein. Gibt's auch mit Widmung, gehört zum Service.

Auf dem Dach des *Grande Bretagne* ist ein Restaurant. Dort können Sie gut essen. Vor allem aber können Sie direkt gegenüber die Akropolis sehen.

Am Abend bevor ich sie zum ersten Mal traf, war ich auf ein Fest bei Freunden in Athen eingeladen. Das wurde mir schnell zu viel, ich ging früh zu Bett. Kennen Sie das Gedicht von Gottfried Benn: »Was schlimm ist«? Also eine Strophe heißt:

Was schlimm ist

Nachts auf Reisen Wellen schlagen hören
und sich sagen, daß sie das immer tun.
Sehr schlimm: eingeladen sein,
wenn zu Hause die Räume stiller,
der Café besser
und keine Unterhaltung nötig ist.

So geht es mir jedes Mal. Ich reise tausende Kilometer – und dann bin ich lieber allein und gehe früh zu Bett. Ich bin eine Enttäuschung, ich weiß.

Am nächsten Morgen wachte ich um fünf Uhr auf. Sonst stehe ich nie so früh auf – ein Vorteil, wenn Sie schreiben. Sie müssen nicht ins Büro oder in die Fabrik. Sie machen sich einen Kaffee, gehen rüber ins Schreibzimmer und setzen sich auf Ihren Stuhl. Das ist alles.

Aber Vorsicht: Machen Sie das bloß nie im Bademantel. Das, was Sie schreiben, liest sich sonst später genau so: Bademantelliteratur. Sie müssen sich schon die Zähne putzen und duschen und ordentlich anziehen. Dann erst dürfen Sie schreiben. Ein Gebot der Höflichkeit Ihren Lesern gegenüber.

Das gilt natürlich nur, wenn Sie noch schreiben. Ich schreibe nicht mehr. Seit 17 Jahren bin ich ein durch und durch lächerlicher Schriftsteller, der nicht mehr schreibt. Ich gehe trotzdem jeden Morgen rüber ins Schreibzimmer. Die Menschen wollen ja immer etwas sein, was sie nicht sind. Ich sitze dann am Schreibtisch und trinke Kaffee und rauche und schreibe nichts.

Als das bei Hemingway so war, ging er nicht mehr in eine Bar. Er schoss sich den Kopf weg. Das kann ich verstehen, weil der Kopf ja sowieso schon weg ist. Aber machen Sie das nicht, egal, was passiert. Ich hab es einmal gesehen, bei einem Onkel und Freund von mir. Immerhin ging er dafür in den Wald, weil er die Wohnung nicht versauen wollte. Er steckte sich den Doppellauf der Schrotflinte in den Mund und drückte ab. Hing dann alles in den Zweigen. So wollen Sie nicht in Erinnerung bleiben, glauben Sie mir.

An jenem Morgen in Athen stand ich also früh auf. Es hatte geregnet. Nicht so wie jetzt gerade. Der Athener Regen, das ist ein dünner, sanfter, weicher Regen. Dafür aber die ganze Nacht durch. White Noise, wenn Sie so wollen.

Ich fuhr mit dem Lift hoch zur Dachterrasse. Dort war ich alleine, alle schliefen noch. Grünblaue Regenbeleuchtung. Die Luft mild und frisch. Die Geräusche durch die Feuchtigkeit gedämpft, die Autos unten auf dem Platz kaum zu hören. Und dann, direkt gegenüber, der Parthenon, die unwirkliche Schönheit.

Wussten Sie, dass es auf dem Parthenon keine gerade Linie gibt? Der ganze Parthenon ist eine einzige Krümmung. Der Unterbau: eine konvexe Fläche. Die Säulen: nach innen geneigt. Irgendjemand hat das sogar mal ausgerechnet: Wenn Sie die Säulen verlängern würden, also nach oben in den Himmel, würden sie sich in fünf Kilometern

Höhe treffen. Auch die Anzahl der Säulen: Sie glauben, es sind an den Längsseiten doppelt so viele wie an den Stirnseiten. Stimmt, sieht so aus. Aber nein, nicht bei den Griechen. An den Längsseiten doppelt so viele Säulen plus eine. Also vorne acht, an den Seiten siebzehn. Das bedeutendste Gebäude der westlichen Welt: Eine optische Täuschung.

Die Griechen haben nur neun Jahre daran gebaut. Kein Mensch weiß, wie die das gemacht haben. Und jetzt steht der Parthenon auf der Akropolis seit zweieinhalbtausend Jahren. An jenem Morgen in der grünen Regenluft leuchtend.

Heute wird so etwas nicht mehr gebaut. Niemand kann das mehr.

Winston Churchill sagte, alle großen Dinge seien einfach, und viele könnten mit einem einzigen Wort ausgedrückt werden: Gerechtigkeit, Freiheit, Ehre, Pflicht, Hoffnung, Gnade. Sehr schön. Aber genau das stimmt heute nicht mehr. Nicht in unserer Zeit. Eine Demokratie ist zwangsläufig das Gegenteil von Mystik und Geheimnis. Sie muss es sein. Je besser sie für uns wird, desto mehr besteht sie aus Fragen, aus immer engeren, immer kleinteiligeren Fragen, aus hunderten und tausenden Kompromissen. Und vor allem aus einem: aus Ambivalenz. Das ist das Schlüsselwort unserer Zeit: Ambivalenz. Es ist heute nicht mehr möglich, etwas zu sagen, ohne sofort das Gesagte wieder in Frage zu stellen. Ambivalenz – das ist der Kern unserer sich ständig verfeinernden Zivilisation.

Der Parthenon kann deshalb heute nicht mehr gebaut werden, natürlich nicht. Es gibt keine Wunder mehr. Es gibt nicht einmal mehr bloße Bewunderung. Das Luf-Boot aus Papua-Neuguinea in Berlin und die Elgin Marbles in London und die Benin-Bronzen in Paris können Sie nicht mehr unbefangen bewundern, weil sie fremden Ländern und ihren Bewohnern geraubt wurden.

Oder nehmen Sie die Malerei. Im Bundeskanzleramt wurden die Bilder des Malers Emil Nolde abgehängt. Diese Bilder können Sie sich heute nicht mehr unvoreingenommen ansehen, weil Nolde ein

Antisemit war. Ein Antisemit und ein Rassist. Das sehen Sie jetzt mit, es geht gar nicht anders. Nolde hat das Bild »Der Brecher« 1936 gemalt. Das ist ein sehr gutes Bild. Nicht genial, das nicht, aber doch ein sehr gutes Bild. Macht es den »Brecher« schlechter, dass Nolde ein Antisemit und Rassist war? Nein. Schlecht und gut sind da keine Kategorien. »Der Brecher« ist ambivalent geworden, weil wir uns verändert haben.

Churchills Satz gilt längst nicht mehr. Nichts ist mehr einfach, nichts eindeutig. Winston Churchill selbst ist ja inzwischen eine ambivalente Figur: Der große Befreier Europas von den Nazis auf der einen Seite, ein Rassist auf der anderen Seite.

Manche Leute halten das nicht mehr aus. Sie wollen keine Ambivalenz mehr. Sie wollen Eindeutigkeit, Klarheit, einen Halt. Und dann machen sie Dummheiten und wählen einen, der Schluss mit den Diskussionen machen soll. Einen, der durchregiert, der endlich mal durchgreift. So einen wollen die.

Erinnern Sie sich an Willy Brandt? Den melancholischen deutschen Bundeskanzler? Seine Kritiker sagten, er sei zu führungsschwach, zu tolerant und so weiter. Seine Freunde rieten ihm deshalb, er solle mal richtig auf den Tisch hauen.

Aber wissen Sie, was Willy Brandt antwortete? Das Auf-den-Tisch-Hauen, sagte er, imponiere ja nicht einmal dem Tisch. Klingt gut, kann man sich merken. Stimmt nur nicht. Leider. Genau das imponiert den Leuten. Immer noch.

Die offene Gesellschaft gibt es aber nun mal nur mit den Ambivalenzen. Die Kehrseite: In unserer Zeit wird kein Parthenon mehr gebaut. Wir bauen den Berliner Flughafen.

Dieser Regen.

Ganz stimmt das nicht, was ich eben gesagt habe. Ich muss mich korrigieren.

Stellen Sie sich vor, die Menschen wären wirklich frei und gleich geboren. Plötzlich gebe es keine Unterschiede mehr nach Hautfarbe, Geschlecht, Sprache, Religion und Weltanschauung. Keine

Unterschiede nach Nation, Herkunft, Geburt, Vermögen und Stand. Und das stünde nicht nur in Erklärungen, Verfassungen und Gesetzen – das wäre die Wirklichkeit.

Stellen Sie sich das doch bloß einen Moment lang vor: Jeder Mensch wäre dann nur noch ein Mensch.

Aber wissen Sie, manchmal gibt es keine Ambivalenz mehr. Manchmal ist Ambivalenz einfach nicht mehr möglich. Immer dann, wenn dem Menschen das Menschsein abgesprochen wird. Weil Sie aber selbst Mensch sind – und Mensch bleiben wollen –, müssen Sie sich dem entgegenstellen und die Stimme erheben. In aller Klarheit und in aller Schärfe. Gegen den Hass, gegen den Terror, gegen den Fanatismus, und heute, gerade jetzt, gerade in diesem Moment überall auf der Welt gegen den neuen, den alten Antisemitismus.

Dass jeder Mensch nur noch ein Mensch ist – weitaus größer als der Parthenon wäre das.

Vielleicht gelingt es. Vielleicht auch nicht. Ich

weiß es nicht. Aber wenn es gelingt, dann ganz sicher nur wegen der Ambivalenz unserer Zeit. Die Ambivalenz ist schrecklich anstrengend, ja, Sie haben recht, aber sie ist der Schlüssel.

Die Vorsitzende Richterin sagte, ich solle mir nicht zu sehr im Weg stehen, wenn ich die dienstliche Erklärung schreibe. Das ist aber genau das, was Schriftsteller tun – sie stehen sich und anderen im Weg herum. Goethe wusste das. Er unterschied zwischen den lebensklugen Leuten auf der einen Seite und den Literaten auf der anderen. Das stimmt heute noch, jedenfalls bei mir. Ich gehöre nun mal nicht zu den Leistungsträgern, zu den Ehrgeizigen und den Machern. Nein. Ich sehe lieber vom Rand aus zu und gehe ins Café. Ich bin keine große Hilfe, eher das Gegenteil. Das ist die Pareto-Regel. Also meine persönliche Pareto-Regel, nicht die offizielle.

Kennen Sie die Pareto-Regel überhaupt? Spielt in der Betriebswirtschaft eine Rolle, im Zeitmanagement. So ungefähr: 80 Prozent der Probleme lassen sich mit nur 20 Prozent Aufwand lösen. 80 zu 20. Also: Eine Firma macht 80 Prozent ihres Umsatzes mit nur 20 Prozent ihrer Kunden. Oder: 80 Prozent der Waren werden von nur 20 Prozent der Vertriebsmitarbeiter verkauft. Oder: Wenn Sie nur 20 Prozent Ihrer Wohnung aufräumen, sieht es gleich um 80 Prozent besser aus.

Vilfredo Pareto hat übrigens nie eine so dämliche Regel aufgestellt, man hat sie ihm nur untergeschoben. Pareto lebte in Italien vor gut 100 Jahren. Er fand heraus, dass 80 Prozent des Bodens nur 20 Prozent der Bevölkerung gehören. Das ist doch etwas ganz anderes. Hannah Arendt schrieb über ihn, er habe das gesellschaftliche System Italiens gehasst. Pareto war kein Zeitmanager, er war Gesellschaftskritiker.

In meinem Leben habe ich auch eine Regel gefunden. Auch 80 Prozent zu 20 Prozent, genau wie bei Pareto.

Meine Regel lautet: 80 Prozent von allem ist Mist.

Geht es Ihnen nicht auch so? Ein Beispiel: 80 Prozent aller Filme, die Sie gesehen haben, waren Mist. Stimmt, oder? 80 Prozent der Dinge, die Sie jeden Tag erledigen, sind Mist. 80 Prozent der Anwälte, der Ärzte, der Hotels. Es sind immer ziemlich genau 80 Prozent. Verblüffend, oder?

Sie zweifeln? Sie finden es gar nicht so schlimm? Dann gehen Sie mal ins Kaffeehaus und hören dort genau zu. »Ich freue mich so, ich habe in einer Woche Urlaub.« So etwas wird da laufend gesagt. Die Leute sagen Urlaub statt Ferien, und damit ist schon alles verdorben.

Und dann beschreiben sie ihren Urlaub: »Ich lege mich an den Strand, gehe schwimmen und lese mal ein gutes Buch.«

Alles daran ist falsch.

In Wirklichkeit sind Strände grässlich. Schon wegen des ganzen Sands dort. Er klebt überall, noch Wochen später haben Sie das Zeug in den Kleidern und den Schuhen und den Koffern.

Die Leute fliegen sogar bis in die Karibik. Warum? »Wegen der kilometerlangen weißen Sandstrände«, sagen sie. Aber diese Leute wissen nicht, dass sie dort auf dem Kot von Fischen liegen.

Schuld ist der Papageienfisch. Der Papageienfisch frisst die Algen, die auf den Korallen wachsen. Dagegen ist nichts einzuwenden. Aber weil er so gierig ist, der Papageienfisch, verschluckt er beim Algenfressen riesige Mengen Korallenkalk. Den verträgt er nicht, er muss ihn wieder ausscheiden. Die Ausscheidungen werden an Land gespült und machen die Strände *so schön weiß*. Das, was da kilometerlang strahlend hell leuchtet, sind die Exkremente von einem Fisch, der nach einem Vogel benannt ist.

Aber der Strand ist gar nicht das Schlimmste. Das Schlimmste ist, dass die Leute ins Meer gehen. Sie zögern keine Sekunde, sie fahren ja ans Meer, um ins Meer zu gehen. Kein Mensch denkt über die Fische nach. Diese Fische aber tun alles im Meer, wo denn sonst, es sind Fische. Sie gehen im Meer aufs Klo, sie haben im Meer Sex, sie bekommen im Meer ihre Kinder, sie werden krank und sterben und verfaulen und verwesen im Meer. Und dann schwimmen die Leute darin herum und haben das alles auf der Haut und in den Haaren und im Mund und finden es auch noch amüsant.

Und was ist mit dem sogenannten guten Buch, das die Leute am Strand lesen wollen? Das funktioniert auch nicht, kann es gar nicht. 80 Prozent aller Bücher taugen ja nichts. Sie sind Mist. Sie müssen also sehr viele schlechte Bücher lesen, um das eine gute Buch überhaupt zu finden. Und vernünftig lesen können Sie am Strand sowieso nicht, da werden Sie sofort blind, und alles ist voller Sand. Besser Sie gehen in ein ordentliches Café, dort haben sich die Leute auch endlich wieder ihre Kleider angezogen.

In den sogenannten *schönsten Wochen des Jahres* liegen die Leute schwitzend auf Fischkot herum, baden in Kloaken, lesen schlechte Bücher und bekommen von der Sonne Hautkrebs. Das gibt nur keiner zu, niemand will sich das eingestehen. Aber meine Pareto-Regel stimmt schon: 80 Prozent von allem ist Mist. Da können Sie machen, was Sie wollen.

Allerdings: An jenem Morgen auf der Dachterrasse des *Grande Bretagne* galt meine Pareto-Regel nicht mehr. Sie traf einfach nicht mehr zu. Ich wusste nicht, dass das überhaupt möglich ist.

Sie kam von einem Ball, einem Fest, irgendetwas in der Art. Schwarzes Etuikleid, hohe Schuhe, elegante Handtasche.

Sie sah aus …

Nein, so geht das nicht, ich versuche es anders.

Die Ersten, die Götter nur für die Liebe kannten, waren die Griechen. Aphrodite und Eros. Sie kennen sicher das Botticelli-Bild: *Die Geburt der Venus*, der Aphrodite. Beeindruckendes Bild, ja, aber wir haben es viel zu oft schon gesehen. Es wird auf alles gedruckt. Auf Aschenbecher, Pillendosen, Topflappen, Einkaufstüten und selbst Unterhosen. Sie müssen heute nicht mehr nach Florenz reisen. Sie können sich den Botticelli auf dem Laptop ansehen, jedes Detail auf einer Glasscheibe. So lange, bis Sie den Botticelli nicht mehr ertragen können und den da Vinci und den Michelangelo und den Raffael und den Tizian. Bis Sie die alle endgültig satthaben.

Die schönste Aphrodite ist aber sowieso nicht in Florenz. Die schönste Aphrodite steht in München, in der Antikensammlung: das *Mädchen von Beroia*. Das ist die wunderbarste Aphrodite, die jemals gemacht wurde. Noch von den Griechen selbst, 1600 Jahre vor Botticelli. Gehen Sie lieber dorthin, da sind auch nicht so viele Leute.

Die Geburt der Aphrodite ist eine scheußliche Geschichte. Botticelli zeigt sie deshalb auch nicht, er zeigt nur, wie die bereits geborene Aphrodite am Ufer von Zypern ankommt. Die eigentliche Geburt hat Botticelli nie gemalt, die Medici haben ihn damit auch nicht beauftragt. Die eigentliche Geburt war selbst den Medici zu widerwärtig, die wollten sie nicht an der Wand haben. Noch nicht einmal von Botticelli.

———

Die Geschichte beginnt mit Uranos. Das war der erste männliche Gott, der Himmel. Er zeugte mit Gaia, der Erde, eine Menge Kinder. Gaia war seine Mutter – na ja, Sie müssen das verstehen, am Anfang gab es halt nur wenige Götter, die Partnerwahl war eingeschränkt.

Dieser Uranos war ein besonderer Widerling, er hasste seine Kinder. Er sperrte sie in den Tartaros, tief unter der Erde und *erfreute sich an der bösen Tat*, wie Hesiod schreibt. Seine Frau – oder Mutter, ganz wie Sie wollen – ließ daraufhin eine gewaltige Sichel schmieden. Sie wollte, dass die Kinder den Vater damit umbringen.

Einer der Söhne, der Titan Kronos, ein mindestens ebenso schlechter Charakter wie sein Vater, erklärte sich dazu bereit. Und als sein Vater seine Mutter das nächste Mal vergewaltigen wollte, nahm er die gewaltige Sichel und entmannte ihn. Kronos hob das blutige Geschlecht seines Vaters vom Boden auf und warf es hinter sich ins Meer.

Ein paar Ewigkeiten später ein Fest für Sigmund Freud.

Das Geschlecht klatschte ins Wasser, es schäumte, und weil wir hier über Götter sprechen, entstieg dem Schaum – richtig: Aphrodite, die Schaumgeborene. Die Göttin der Liebe und Schönheit wurde also von einem abgehackten Geschlecht gezeugt. Denken Sie darüber mal nach.

Und Eros? Der andere griechische Liebesgott? Bei Hesiod gehört er zu den ältesten Göttern, er hat Macht über alle anderen. Eros ist ein Kind, er spielt und lacht und freut sich über das Chaos, das er anrichtet. Er ist ein ganz unbeschwerter, ein glücklicher Charakter. Aphrodite dagegen nimmt die ganze Sache schrecklich ernst.

Ich wusste nicht, wer an jenem Morgen die Dachterrasse des *Grande Bretagne* betrat. Damals wusste ich ja noch überhaupt nichts von ihr.

Ist das nicht erstaunlich? Vor Bach hatte noch nie jemand die Musik von Bach gehört. Jahrtausende und Jahrtausende ohne Bach. Kein Mensch konnte sich die *Kunst der Fuge* auch nur vorstellen, bis Bach sie komponierte.

Sie setzte sich und zog einen anderen Stuhl heran, um ihre Beine hochzulegen. Sie lehnte sich zurück, und erst dann sah sie mich.

Ich sagte nichts. Noch nicht. Ich wollte erst nachdenken. Ich bin nicht geschickt in diesen Dingen.

Wir saßen ungefähr fünf Meter auseinander. Perfekter Abstand. Weit genug, um nicht sprechen zu müssen, nah genug, um sprechen zu können. Das war der Anfang. Fünf Meter.

Das Problem ist der erste Satz. Seit dem Schulhof hat sich daran nichts geändert, der erste Satz ist noch immer das Schwierigste.

An jenem Morgen über den Dächern von Athen hätte ich an den Film *Über den Dächern von Nizza* denken können. An den ersten Satz, den Cary Grant über Grace Kelly sagt: »Schön wie ein Bildnis und ebenso stumm.«

Aber das fiel mir nicht ein. Mir fiel Demokrit

ein. Idiotisch, ich weiß. »Alles, was existiert, ist die Frucht von Zufall und Notwendigkeit.« An diesen Satz dachte ich.

Und dann dachte ich an Jacques Monod, der sein wichtigstes Buch so genannt hatte: »Zufall und Notwendigkeit«. 1961 verkündete Monod, er habe das zweite Geheimnis des Lebens entdeckt, vier Jahre später bekam er den Nobelpreis für Medizin. Das erste Geheimnis ist die Doppelhelix-Struktur des DNA-Strangs, die war schon bekannt. Das zweite Geheimnis ist die Selbstorganisation der Moleküle in komplexen biologischen Systemen. Sie haben ein Ziel, obwohl kein bewusster Schöpfer sie entworfen hat. Enorm aufregend war das damals, eine Revolution, aber Monod wusste natürlich, dass seine Erkenntnis im Grunde genommen das Gleiche war, was Demokrit schon zweieinhalbtausend Jahre vor ihm gesagt hatte. Zufall und Notwendigkeit, das ist, biologisch gesehen, Mutation und Selektion. Wir Menschen sind zufällige Produkte, entstanden aus winzigen

Fehlern bei der Zellteilung. Aus Abweichungen und Irritationen. Aus Anomalien.

Ich wollte also zu ihr sagen: »Zufall und Notwendigkeit?«

Kein guter erster Satz. Hätte Cary Grant niemals zu Grace Kelly gesagt. Verwarf ich also wieder.

Es gibt Wissenschaftler, die glauben, es ginge sowieso nicht um den ersten Satz. Entscheidend sei vielmehr der Geruch eines Menschen.

Haben Sie schon mal über Geruch nachgedacht? Also: Wie riecht man? Nein, nicht nach was man riecht, ich meine den Vorgang des Riechens. Geruch ist ja keine Strahlung oder Welle oder so etwas. Im Gegenteil. Geruch ist etwas ganz Handfestes.

Sie riechen morgens im Café das noch warme Croissant. Moleküle vom Croissant steigen durch die Luft bis in Ihre Nase. Sie riechen das Croissant also nur, weil Teile des Croissants jetzt in Ihrer Nase sind. So einfach ist das. Aber glauben Sie mir, es ist besser, erst gar nicht darüber nachzudenken.

Weil das ja nicht nur bei Croissants so ist. Es ist auch so, wenn Sie im Sommer in der S-Bahn neben einem Sportler stehen. Der Sportler in seinem neongrünen Kunstfaserunterhemd hält sich oben an einem Haltegriff fest, seine Achselhöhle direkt vor Ihrer Nase. Den Sportler geniert das überhaupt nicht. Das sei doch das *Allernatürlichste*, denkt er.

Der Sportler, das ist der moderne Mensch. Sie erkennen den modernen Menschen daran, dass er einen Rucksack trägt. Mitten auf dem Kurfürstendamm trägt er seinen Rucksack, so, als wolle er zum Bergsteigen gehen. Dabei ist Berlin vollkommen flach, Bergsteigen in Berlin ist unmöglich.

Den modernen Menschen stört das nicht. Im Gegenteil, er hat seinen Rucksack immer dabei. Der sei einfach praktisch und funktionell, sagt er. Ja, praktisch und funktionell sind auch das Selbstbedienungsrestaurant und das Frühstücksbüfett, und dass Sie sich den Botticelli nur noch auf dem Laptop ansehen. Das Praktische und das

Funktionelle und das Natürliche führen direkt in die Hölle.

Ich … ich muss mich wieder beruhigen … Entschuldigen Sie bitte … Wissen Sie, es war heute ziemlich viel für mich. Ich bin nicht so gerne der abgelehnte Schöffe.

Jacques Monod sagt, das Universum sei gleichgültig gegenüber unseren Hoffnungen und unserem Leiden. Das stimmt. Das Universum ist ganz und gar natürlich und deshalb ganz und gar gleichgültig. Und das auch nur, wenn wir Glück haben. Meistens ist es kalt und menschenfeindlich und bringt uns um. Wir sind fremd in dieser Welt, in dieser Natur, und wir bleiben es. Bis zum Schluss.

Der Regen wird schwächer, glaube ich.

Es ist ja nicht so, dass ich nicht gerne in der Natur wäre. Nur nicht zu sehr, verstehen Sie, nicht zu direkt.

Angenehm ist zum Beispiel das Autowandern. Sie setzen sich in den Wagen und fahren langsam übers Land. Die Natur durch das geschlossene Fenster, aus der Distanz.

Mit der Natur ist es eben wie mit den Menschen: Es ist besser, wenn alles ein kleines bisschen weiter weg ist.

Das Autowandern geht natürlich nicht in einem Cabriolet. Ein Auto ohne Dach, das auch noch teurer ist als ein Auto mit Dach, ist absoluter Unsinn. Das Cabriofahren ist genauso gefährlich wie das Fahrradfahren. Vom Cabriofahren bekommen Sie Bindehautentzündung, vom Fahrradfahren Hodenhochstand. Ein geschlossener, klimatisierter Wagen ist da wesentlich besser.

Beim Autowandern gibt es manchmal etwas, was Sie sich anschauen können. Eine Wiese oder einen Friedhof oder eine Kuh. Was auf dem Land halt als sehenswert gilt.

Aber dann ist es jedes Mal das Gleiche. Sie steigen aus dem Wagen, und die Natur wird aufdringlich. Sie gehen in ein Café, setzen sich auf die Terrasse, bestellen einen Himbeerkuchen, und sofort ist der Teufel los: Wespen. Aggressive Wespen. Noch nie hat einer gesagt: »Oh, wie schön, freundliche Wespen.« Wespen sind immer aggressiv, das Wesen der Wespe ist Aggression.

Wespen sind wie Bienen, nur weitaus unverschämter. Die Biene stirbt, wenn sie sticht. Das weiß sie, deshalb versucht sie, es zu vermeiden. Die Wespe kann darüber nur lachen. Die Wespe ist durch und durch von schlechtem Charakter.

Sie haben recht ... Ich sollte ruhiger werden ... mich wieder fangen.

Man muss sich das bloß ein für alle Mal klarmachen: Draußen ist es nur von drinnen schön.

Der Regen hat fast aufgehört.

Die Sache mit dem ersten Satz ... ja, schwierig. Wussten Sie, dass bei Verliebten die Teile des Gehirns, die für das Rationale zuständig sind, nicht mehr arbeiten? Man kann das messen, sie sind praktisch tot. Aber im Körper herrschen Aufruhr und Chaos, angerichtet vom verrückten Kindgott Eros. Und seine Pfeile? Hormone.

Die sind das eigentliche Problem, nicht der erste Satz.

Nehmen Sie nur Oxytocin und Vasopressin. Erforscht bei Präriewühlmäusen und Bergwühlmäusen. Sehen genau gleich aus, die beiden Mäusearten, ich kann die jedenfalls nicht unterscheiden. Die einen wühlen in der Prärie, die anderen wühlen in den Bergen. Na ja, was sollen sie sonst schon tun, es sind Wühlmäuse.

Obwohl sie gleich aussehen, die Mäusearten, verhalten sie sich ganz unterschiedlich. Entgegengesetzte Lebenskonzepte sozusagen. Die Präriemaus bleibt das ganze Leben mit dem gleichen Partner zusammen. Die Bergmaus nicht. Die Bergmaus ist jeden Abend unterwegs. Die Bergmaus ist unter den Mäusen der Tinder-User.

Gut, in Ordnung, jeder, wie er mag.

Aber jetzt geben Sie der treuen Präriemaus einen Oxytocin-Hemmer. Und was tut sie? Sie verlässt sofort ihren Partner und macht mit einer anderen Maus rum. Und dann mit noch einer. Und immer so weiter. Die brave Präriemaus führt sich jetzt auf wie die wilde Bergmaus.

Und umgekehrt? Sie können den Rezeptor für Vasopressin genetisch in der männlichen Bergmaus verlängern. Die Folge: Die Bergmaus bleibt nach dem Sex bei dem Weibchen. Für immer. Die Party ist vorbei.

Sagen Sie, erschreckt Sie das nicht? Sie verändern ein einziges Gen und bekommen eine ganz neue Gesellschaft. Sie hemmen nur ein Hormon – eine komplett andere Welt. Ja, ich weiß, das gilt nur für Mäuse. Aber wie sieht es in ein paar Jahren aus? Ist denn alles nur noch eine Frage der Wissenschaft?

Was soll ich nun vom Wiedersehen hoffen,
Von dieses Tages noch geschloßner Blüte?
Das Paradies, die Hölle steht dir offen;
Wie wankelsinnig regt sich's im Gemüte!
Kein Zweifeln mehr! Sie tritt ans Himmelstor,
Zu ihren Armen hebt sie dich empor.

———

So warst du denn im Paradies empfangen,
Als wärst du wert des ew'gen schönen Lebens;
Dir blieb kein Wunsch, kein Hoffen, kein
Verlangen,
Hier war das Ziel des innigsten Bestrebens,
Und in dem Anschaun dieses einzig Schönen
Versiegte gleich der Quell sehnsüchtiger Tränen.

Der Anfang der »Marienbader Elegie«. Ist das vorbei? Kein Paradies mehr, keine Hölle? Nur zu viel oder zu wenig Hormone? Alle Freuden, die unendlichen, alle Schmerzen, die unendlichen – nichts als Genetik?

Das ... nein ... das glaube ich nicht. Das ist ... umgekehrt.

In der Natur geht es nur um das Leben, um die nächste Generation und wieder die nächste und wieder die nächste. Seit viereinhalb Milliarden Jahren auf diesem Planeten. Das Leben will sich fortsetzen, alleine das ist das Ziel. Der Einzelne ist unwichtig, was zählt, ist die Biomasse in ihrer

Gesamtheit. Und deshalb ist es oft zu laut und zu grell und kommt zu nah.

Aber es gibt noch die andere Wahrheit. Unsere Wahrheit, die der Menschen.

Kennen Sie Novalis? Friedrich von Hardenberg? 19. Jahrhundert, Romantik, ein Dichterkollege. »Wohin gehen wir?«, schreibt er. »Nach Hause, immer nach Hause.«

Ich mag die Romantik nicht, zu viele Felder und Wälder, zu viele bleiche Monde. Folgte auch Schlimmes aus der deutschen Romantik. Das Gegenteil der Zivilisation, das Grauen.

Aber das *nach Hause*, das habe ich sofort verstanden. Zu Hause ist ja kein Ort, es ist unsere Erinnerung.

Es ist der Andere. Und mit ihm kehren die Bilder zurück: Der Sommer, das Hafergras, die Langsamkeit, das dunkle Grün der späten Nachmittage, der Regen. Sie wissen um den Anderen, um den Lebensmenschen, lange bevor Sie ihn zum ersten Mal sehen.

———

Ein Mensch spiegelt sich in einem anderen Menschen. Die Chemie in Ihrem Körper und die weiteren Scheußlichkeiten der Natur – das sind die Folgen, nicht die Ursache.

An jenem Morgen auf der Dachterrasse des *Grande Bretagne* sah ich sie zum ersten Mal und dachte an ein Mädchen, das ich gekannt hatte, als ich sechs oder sieben Jahre alt war.

Nach der Schule sind wir alle jedes Mal rüber in den Süßigkeitenladen. Vorne auf der Theke standen in Gläsern Brausebonbons und Goldnüsse und Zuckerstangen für jeweils zwei Pfennige. Aber hinten waren die guten Sachen, die Meringues und die rot verpackten Marzipanbrote aus Lübeck. Die kosteten 20 Pfennige und mehr. Das war sehr viel Geld.

Mit diesem Mädchen war ich nur ein Mal in dem Laden. Sie kam sonst nie mit, nur dieses eine Mal, ich weiß nicht mehr, warum. Der Besitzer des Ladens fragte sie: »Was möchtest du?« Und was dann kam, hatte ich noch nie erlebt. Sie suchte so viel aus, dass der Kaufmann eine große Tüte nehmen musste, um alles reinzupacken. »Davon vier«, sagte sie, und »davon drei« und »sieben Pfefferminztaler« und »vier Bärentatzen« und »fünf Mandelhörnchen« und immer so weiter. Als sie fertig war, präsentierte der Kaufmann ihr eine riesige Rechnung, mehr als fünf Mark. Die Summe überstieg alles, was ich mir vorstellen konnte.

Das Mädchen hatte keinen Pfennig dabei. Der Kaufmann wurde wütend und laut, aber das Mädchen sagte vollkommen ruhig, dass er doch gefragt habe, was sie wolle, und genau das habe sie ihm gesagt. Glauben Sie mir, mich hatte noch nie jemand so sehr beeindruckt.

Ja, ich habe sie an jenem Morgen auf der Dachterrasse des *Grande Bretagne* angesprochen, weil sie mich an dieses Mädchen erinnerte. Ich weiß heute nicht mehr, was ich gesagt habe. Sie war auf dasselbe Fest wie ich eingeladen gewesen, die Gastgeber waren auch ihre Freunde. Sie war erst gekommen, als ich schon zu Bett gegangen war.

Ich ... ich werde jetzt schreiben, es geht nicht mehr anders.

Ich werde schreiben, warum ich befangen bin und warum Sie befangen sind und warum auch der *unvoreingenommene Dritte*, von dem die Vorsitzende sprach, befangen ist.

Ich werde rübergehen zu dem blauen Haus mit der Nummer 5. Ich werde mich auf die Stufen setzen und die Aktentasche auf die Knie legen, und dann werde ich schreiben. Nach 17 Jahren. Das Schreiben ist dein Zuhause, hatte sie gesagt.

Es gibt Schläge, von denen man sich nicht erholt. Man geht zu Boden und steht nicht mehr auf und kann sein Leben nicht mehr zusammensetzen. Wir alle sind befangen, weil wir in uns gefangen sind – und davon gibt es keine Erlösung, durch nichts und durch niemanden.

Ich werde über die junge Frau schreiben, die mit einem Messer im Hals vor ihrem Haus verblutet ist. Und ich werde über das Mädchen im Süßigkeitenladen schreiben, das ich nie vergessen habe. Und ich werde über die Farben schreiben, über das flüssige Bernsteinlicht an jenem regengrünen Morgen auf der Dachterrasse des *Grande Bretagne* in Athen.

Ich werde darüber schreiben, dass wir voneinander wussten und dass es in diesem Leben nur darum geht und um nichts anderes. Ich werde schreiben, dass sie sagte, wir gehen nach Hause, und dass sie damit recht hatte, weil alles Finden Wiederfinden ist.

Ich glaube, dass wir nur ein, höchstens zwei Mal im Leben wirklich lieben können

Ein Interview

Herr von Schirach, Sie waren 20 Jahre lang ein gefragter Strafverteidiger, der etwa 700 Angeklagte vor Gericht vertreten hat, darunter Mörder, Vergewaltiger, Unterweltgrößen, Spione, Industrielle und Prominente wie Günter Schabowski oder die Erben von Klaus Kinski. Wie wurde aus Ihnen mit Mitte 40 ein Schriftsteller?

Es ist nichts Besonderes passiert. Kein Autounfall, bei dem ich aus dem brennenden Wrack kletterte und glaubte, jetzt mein Leben ändern zu müssen. Nichts davon. Ich habe einfach angefangen zu schreiben. Nachts, anders ging es nicht. Damals habe ich noch als Anwalt gearbeitet, also tagsüber im Gericht verteidigen, nachts in der Wohnung schreiben. War anstrengend, aber herrlich. Ich hatte das lange vermisst.

———

Wieso vermisst?

Ich habe früh schon geschrieben, als Kind und Jugendlicher. Dann habe ich aufgehört.

Erklären Sie, warum?

Das ist eine ziemlich langweilige und traurige Geschichte, fürchte ich. Ein bisserl zu intim.

Sie erzählen in Ihrem Erzählband Nachmittage *davon.*

Das ist etwas ganz anderes. Beim Schreiben ist man alleine, man kann über jeden Satz lange nachdenken, jeden Absatz umschreiben. Beim Interview ist alles so furchtbar direkt. Ich telefoniere ja auch nicht gerne.

Weil Ihnen das zu direkt ist?

Die Telefonfunktion meines Handys habe ich abschalten lassen, man kann mich seit mehr als zehn Jahren nicht anrufen. Ich kann anrufen, aber nicht angerufen werden. Das ist eine große Erleichterung. E-Mails sind angenehmer, die können Sie lesen, wann Sie wollen. Oder auch nicht.

Sind Sie ein Um- und Neuschreiber?

Ich schreibe jeden Absatz 30-, 40-, 50-mal um. Es geht darum, dass am Ende der einfachste Satz übrig bleibt. Nur das, was man einfach sagen kann, ist wahr. Es geht um das einfachste, klarste Wort, das Sie finden können. Während des Schreibens hören Sie den Klang, den Rhythmus. Sie merken sofort, wenn der nicht stimmt, wenn Sie beim Lesen stolpern. Bei einer Veranstaltung fragte mich ein Student, wie man beschreibt, dass jemand atmet. Ich gab die Frage an das Auditorium zurück. Es kamen Antworten wie: »Man holt tief Luft, pumpt die Lungen voll.« Und so weiter. Aber das ist falsch. Sie müssen nicht beschreiben, dass jemand atmet, denn wenn er es nicht mehr tut, ist er tot. Darüber können Sie dann schreiben.

———

Auf wie viele Seiten bringen Sie es an einem Tag?

Im besten Fall auf eine gedruckte DIN-A4-Seite. George Simenon mit seinen 192 Romanen hätte darüber nur gelacht. Über ihn wird die Geschichte erzählt, dass sein Verleger ihn einmal in einem seiner zahlreichen Schlösser besuchen wollte. Die Hausdame sagte, es täte ihr leid, aber Monsieur Simenon schreibe gerade einen Roman. Der Verleger setzte sich in die Eingangshalle und sagte: »Gut, ich warte.«

Es heißt, Sie hätten als Jugendlicher nach dem Tod Ihres Vaters nicht mehr schreiben können.

Sie sind ein wenig anstrengend. Hat man Ihnen das schon einmal gesagt?

Ja.

Also doch die Geschichte über das frühe Schreiben?

Bitte.

Es geht um meinen Vater. Ich kannte ihn nur strahlend, elegant und unbesiegbar, aber in Wirklichkeit war er ganz ohne Halt. Nach der Scheidung von meiner Mutter wurde er zum Trinker, immer noch begabt, aber jetzt verwahrlost und elend. Er hat sich nach und nach zu Tode getrunken und starb, als ich 15 war. Später sagten mir seine Freunde, er sei seinem Wesen nach Künstler gewesen, aber eben ein Künstler ohne Werk. So etwas gibt es gar nicht so selten, und oft endet es tragisch. Er versuchte jedenfalls, Unternehmer zu werden, und scheiterte damit. Als er starb, hörte ich auf zu schreiben, weil ich nicht werden wollte, was er war. Als Kind fragen Sie sich ja immer, ob das alles auch in Ihnen selbst ist. Es war also meine Angst vor dem Scheitern. Vor dem Ungeordneten, dem Verfall, der Haltlosigkeit. Darum erschien mir ein künstlerischer Beruf damals zu gefährlich.

Deshalb studierten Sie dann Jura?

Ein bürgerliches Leben könnte mir Halt geben, glaubte ich. Erst viel später, erst nach einem halben Leben in einem andcren Beruf, begann ich wieder zu schreiben. Ich habe immer etwas vermisst und immer gewartet, ohne zu wissen, worauf. Erst als ich wieder schreiben konnte, verstand ich, dass es genau das war: das Schreiben. Das ist schon die ganze Geschichte.

Was sieht jemand, der Sie heute heimlich beim Arbeiten beobachtet?

Er würde sich langweilen. Das Schreiben ist ja nicht aufregend oder romantisch. Ich sitze vor dem Laptop, rauche, trinke Kaffee und schreibe. Drei Stunden am Vormittag etwa. Länger selten.

Was schreiben Sie mit leichterer Hand: Erlebtes oder Erfundenes?

Natürlich ist es schwieriger, über sich selbst zu schreiben. Die Wirklichkeit kann ja niemand erzählen. Wir kennen sie nicht. Nichts, woran wir uns erinnern, ist objektiv. Es geht also um Wahrheit, um Wahrhaftigkeit. Und damit können Sie sich schrecklich verletzen.

Sie schreiben an jedem Tag des Jahres, auch an Weihnachten und Ihren Geburtstagen.

Weil das mein Beruf ist, ich lebe davon. Als Anwalt bin ich jeden Tag in die Kanzlei oder ins Gericht gegangen. Ein Tischler geht in die Werkstatt, ein Arzt in seine Praxis. Aber es gibt natürlich noch eine andere Ebene: Das Schreiben ist – mehr als alles andere, was ich kenne – ein Zuhause. Ich öffne den Laptop und lebe drei Stunden in meiner Geschichte. Deshalb ist es vermutlich auch nicht angenehm, mit einem Schriftsteller zusammenzuleben.

Warum glauben Sie das?

Für ihn ist das Schreiben das Wesentliche – alles andere ist nur die Zeit zwischen den drei Stunden am Schreibtisch.

———

Hatten Sie schon einmal eine Schreibblockade?

Nein. Na ja, doch, fast 30 Jahre lang. Aber danach habe ich noch an keinem Tag gesagt: »O Gott, quält mich das alles!« Oft ist das Schreiben furchtbar anstrengend, eine Geschichte kommt nicht voran, die Figuren werden nicht lebendig, alles ist noch ohne Eleganz, klingt hohl, blöde und leblos. Aber trotzdem, es ist das Zuhause. Ich würde auch nichts tun, was mich dauerhaft quält. Wir haben doch nur diese paar Jahre, danach ist es vorbei. Wenn Sie etwas scheußlich finden, machen Sie etwas anderes. Unterrichten Sie Erdkunde, und wenn das nichts für Sie ist, stellen Sie Käse her oder werden Sie Meeresforscher. Wir haben aus der deutschen Romantik die Vorstellung des getriebenen Genies, das nicht anders kann, als zu schreiben. Eine idiotische Idee. Die Griechen waren da klüger. Sie glaubten, die Musen würden in den Mauern des Hauses wohnen, und falls sie Lust dazu hätten, kämen sie raus und führten die Hand des Schriftstellers. Das ist doch sympathisch – auch weil man nicht mehr so richtig dafür verantwortlich ist, was man geschrieben hat.

Schreiben Sie auch, um nicht dauernd Sie selbst sein zu müssen?

Ich denke zu wenig über mich nach, um das sagen zu können. Es interessiert mich nicht.

Kennen Sie etwas Interessanteres als sich selbst?

Alles ist doch interessanter. Die dauernde Beschäftigung mit sich selbst führt nur in den Abgrund. Wenn Sie einmal an Schweigeexerzitien der Jesuiten teilgenommen haben, reicht das für den Rest Ihres Lebens, glauben Sie mir.

Schriftsteller beobachten sich selbst beim Leben und suchen bei ihren Mitmenschen nach literarisch Verwendbarem. Spüren Sie es noch, dass Sie mit einem Verwertungsblick durchs Leben gehen, oder ist Ihnen das zur zweiten Natur geworden?

Ich beobachte mich nicht. Und ich gehe nicht ins Café, um Verwertbares zu erleben. Aber überall gibt es diese merkwürdigen Dinge. Vorhin, auf dem Weg zu unserem Interview, sah ich unter der S-Bahn-Brücke eine alte Frau, die nur noch zwei Zähne im Mund hatte. Sie saß inmitten von verdreckten Plastiktüten und hatte einen Becher zum Betteln vor sich stehen. Sie las in einem Buch. Ich sah genauer hin, es war Kants Schrift »Zum ewigen Frieden«. Ist das nicht interessant? Eine Obdachlose, die Kant liest. Das ist doch schon der Beginn einer Kurzgeschichte.

Ist es das Drama des Schriftstellers, dass man nicht gleichzeitig beobachten und etwas erleben kann?

Ist Beobachtung nicht auch Erlebnis? Manche Situationen kann ich aber wirklich kaum wahrnehmen, das stimmt schon. In der Philharmonie erlebe ich den wunderbaren Kirill Petrenko, bin hingerissen von seiner Leidenschaft, aber plötzlich verliere ich mich in den Farben, die seine Musik in mir auslösen. Die sind dann so überwältigend, dass ich dem Konzert nicht mehr richtig folgen kann.

Die Amerikanerin Joan Didion schrieb: »Eines sollte man niemals vergessen: Schriftsteller liefern immer jemanden ans Messer.«

Verrat gibt es manchmal in der Literatur, stimmt, das ist dann schrecklich, wie im wirklichen Leben ja auch. Oft trifft sie noch mehr, weil Bücher schwerer wiegen als ein Streit im Café. Aber ich fürchte, das gilt sonst eher für Ihren Beruf, für den Journalismus. Didion, die ich bewundere, war ja ebenso Journalistin wie Schriftstellerin. Ich erinnere mich, dass sie in einer ihrer großen Reportagen über Los Angeles beschrieb, wie sie ein vernachlässigtes Baby in einer Drogenwohnung sah und sich, zu ihrem eigenen Entsetzen, darüber freute – denn ihre Geschichte hatte damit ein perfektes Ende.

———

Tötet man eine Erfahrung, sobald man sie auf-
schreibt?

Man verändert sie. Aber das tun alle Menschen. Wenn sich ein Ehepaar an seine Anfänge
erinnert, hören Sie immer zwei Geschichten,
die nicht zusammenpassen. »Ach, Liebling, du
täuschst dich wieder, mein Kleid war rot, nicht
blau. Und wir waren nicht in diesem Restaurant,
sondern in jenem, das weiß ich genau.« Unsere
Erinnerungen sind eben nicht die Wirklichkeit,
sie können es gar nicht sein. Natürlich sind sie
trotzdem wahr.

Der Schriftsteller Jorge Luis Borges sagte mit 85:
»Ich verliere immer mehr das Gedächtnis, aber ich
behalte das Beste, und das sind nicht meine per-
sönlichen Erfahrungen, sondern die Bücher, die
ich gelesen habe.« Halten auch Sie Bücher für die
wahre Wirklichkeit der Welt?

Nein, die Welt ist immer reicher und größer.
Aber ich verstehe, was Borges sagt. Literatur kom-

primiert und macht die Wirklichkeit klarer, härter, schärfer. Die beste Kurzgeschichte, die ich kenne, ist Hemingways »Das kurze glückliche Leben des Francis Macomber«. Die Figuren, die Gespräche, die Blicke, die Szenen, das alles ist für immer in meinem Kopf. Das Meiste aus meinem eigenen Leben habe ich dagegen längst vergessen.

Ein wiederkehrendes Thema in Nachmittage *ist der Verlust einer Frau, die offenbar die Liebe Ihres Lebens war. Hat es Ihr Liebesleid gemindert, es beschrieben zu haben?*

Was für ein Wort: »Liebesleid«. Nein, wer mit der Absicht schreibt, sein »Liebesleid zu lindern«, macht alles falsch. Er benutzt den Schreibtisch als Couch und den Leser als Psychiater. Das kann nicht funktionieren. Außerdem werden Sie nichts dadurch abschließen, indem Sie darüber schreiben. Es geht um etwas anderes.

———

73

Was meinen Sie?

Wir alle unterscheiden uns nicht sehr. Und deshalb kann das, was Sie schreiben, manchmal jemanden berühren. Das ist auch das einzige Kriterium für Literatur – berührt sie uns, oder tut sie das nicht? Ich lese Bücher, von denen ich glaube, dass sie für mich geschrieben wurden, auch wenn sie 300 oder 2000 Jahre alt sind. Wenn Goethe in der »Marienbader Elegie« seine letzte Liebe beschreibt, verstehe ich jeden Satz. Oder eben Didion, die über ihre Zeit als junge Frau in New York sagt: »Mir kam nie der Gedanke, dass ich ein wirkliches Leben lebte.«

Sie sagten einmal: »In jedem Buch, das ich geschrieben habe, sind vielleicht drei Sätze, die wirklich gut sind.« Ihr Lieblingssatz?

Ach nein, das überlasse ich anderen.

Sie zitieren in Ihrem Buch Kaffee und Zigaretten *Hemingway, der an Scott Fitzgerald schrieb: »Du musst erst furchtbar verletzt werden, bevor Du ernsthaft schreiben kannst.« Unterschreiben Sie das?*

Ja, das stimmt. Leider stimmt es. Vielleicht gibt es Ausnahmen, ich glaube aber nicht. Alle Kunst ist Kompensation und Sublimierung, scheint mir. Andy Warhol sagte in einem Interview, mit seiner Kunst sublimiere er seine Hässlichkeit, unter der er wohl enorm litt. Ohne eine verletzende Urerfahrung, ohne die tiefe Erschütterung Ihrer Existenz, schreiben Sie entweder gar nicht oder nur über die Blümchen auf der Wiese. Das ist dann wie die Gebrauchskunst in Hotelzimmern.

Warum schreiben die verzweifeltsten Schriftsteller die trostreichsten Bücher?

Weil Bücher oft klüger als ihre Autoren sind. Es kann ein Trost sein, über die Verzweiflung eines anderen zu lesen. Das kann Sie beschützen. *Nachmittage* endet mit einer Geschichte über Alberto Giacometti und seine Skulptur *Frau auf dem Wagen*.

———

Darin ist die ganze Erfahrung meines Lebens. Wir sind einsam, ja, stimmt. Aber wir alle sind es, weil wir alle sterblich sind. Der Trost ist, dass wir diese Einsamkeit teilen – sie ist es, die uns verbindet.

An welchem Satz eines Rezensenten haben Sie bis heute zu würgen?

Das war kein Satz, sondern die Überschrift in einer Tageszeitung über eines meiner Bücher: »Großvatersucht«. Was für ein dummes und grässliches Wort. Den Inhalt der Kritik habe ich vergessen, die Überschrift leider nicht.

Ihr Großvater Baldur von Schirach war einer der Hauptkriegsverbrecher der Nationalsozialisten und wurde 1946 in Nürnberg zu 20 Jahren Gefängnis verurteilt.

Ich hatte damals den Roman *Der Fall Collini* veröffentlicht. Es ging um die Verbrechen der Nazis und den beschämenden Umgang damit in der Nachkriegszeit. Dieses Buch, wie mein ganzes

Leben, ist das Gegenteil von »Großvatersucht«. Wie kann man sich nur für ein kleines Witzchen zu so einer Dummheit hinreißen lassen? Trotzdem: Mein Beruf ist das Schreiben, der Beruf des Kritikers ist es zu kritisieren. Er darf und muss das. Als Camus »Der Fremde« veröffentlichte, warf Sartre ihm vor, er habe den Stil Hemingways kopiert, das sei »Zeremonienstil«. Das war kein kluger Vorwurf, und natürlich litt Camus unter dieser Bosheit, aber so etwas muss man aushalten. »Never explain, never complain«, wie der englische Premierminister Disraeli sagte. Es geht nicht anders.

John Updike schnitt Verrisse aus und heftete sie säuberlich in einem Aktenordner ab. Auf diese Weise, sagte er, verlören sie ihren »vergiftenden Stachel«.

Meine Therapie ist 2000 Jahre alt und stammt von Epiktet. Damals waren die Philosophen Psychiater. Die Leute sind zu Sokrates gegangen und haben gesagt: »Mir geht das Leben dermaßen auf die Nerven! Woran liegt das? Und wie kann mein Leben glücken?« Die Philosophen versuchten, es zu erklären. Epiktet, der viel später in Rom lebte, sagte, nicht die Dinge selbst beunruhigten die Menschen, sondern ihre Urteile und Meinungen über sie. So sei zum Beispiel der Tod nichts Furchtbares, sondern nur die Meinung, er sei furchtbar, sei das Furchtbare. Das ist sehr klug, wenn Sie einen Moment darüber nachdenken. Und es hilft. Mit anderen Worten: Für Ihre Gedanken sind ausschließlich Sie verantwortlich, niemand sonst. Der Tisch ist immer nur der Tisch, aber Sie sind es, der ihn schön oder hässlich findet. Die unangenehme Kritik steht in einer Zeitung – ob Sie sich davon verletzen lassen, ist alleine Ihre Sache. Es ist Ihre Entscheidung, ob Sie das zulassen. Und das ist überall so. Ihr unverschämter Vorgesetzter, Ihr frecher Kunde, Ihre gemeine Tante können Sie in Wirklichkeit gar nicht quälen. Die sagen dummes Zeug und tun gemeine Dinge, ja. Aber es ist Ihre eigene Reaktion, die Sie quält. Leider nutzt es Ihnen aber nichts, Epiktet nur zu lesen. Sein Büchlein ist die Anleitung für Übungen, die Sie Ihr Leben lang wiederholen müssen. Das ist am Anfang ziemlich anstrengend. Die Kritik, der Vorgesetzte, der Kunde, die Tante – alles wird Ihnen natürlich weiterhin einen Stich versetzen. Aber wenn Sie es richtig machen, vergeht das auch schnell wieder. Sie, und niemand sonst, sind für Ihre Stimmungen verantwortlich. Wenn Sie das verstehen, wird es nach und nach besser.

Sie haben über zehn Millionen Bücher in 40 Ländern verkauft, sind mit Terror *und* Gott *einer der weltweit meistgespielten Dramatiker der Gegenwart und haben Vorlagen und Drehbücher für sechs Serien und sieben Filme geliefert. Wie wirkt sich Ruhm beim Schreiben aus?*

Es gibt Schriftsteller, die mit 20 berühmt wurden und die das zerstört hat. Mein erstes Buch habe ich mit 45 geschrieben. In diesem Alter und nach einem ganz anderen Beruf weiß man, wie albern, fragil und flüchtig Erfolg ist. Ich stelle mir immer vor, dass es morgen früh vorbei ist, dass niemand mehr einen Satz von mir lesen mag und ich unter Brücken schlafen werde. Na ja, dann ist das eben so, ich kann es nicht ändern. Lob, Kritik, Ansehen, Beschimpfung, Urteil der Nachwelt – alles im Grunde ohne Bedeutung.

Zu den ersten Konsequenzen von Erfolg gehört, das Gespür für die eigenen Lächerlichkeiten, Vernagelungen und Blindheiten zu verlieren.

Das stimmt, aber es muss nicht so sein. Lino Ventura hatte in jedem Film das gleiche Gesicht, bis zum Schluss. Oder denken Sie an Hannah Arendt. Sie hat, längst weltberühmt, auch im hohen Alter keinen falschen Satz gesagt. Die Römer prägten auf ihre Münzen gerne Fortuna, die Göttin des Glücks. In einer Hand trägt sie ein Füllhorn und in der anderen ein Ruder. Das war eine Warnung. Sie schüttet ihr Füllhorn über Sie aus, aber im nächsten Moment reißt sie das Ruder herum, und alles ist vorbei. Sie haben in dem Moment verloren, in dem Sie anfangen, sich allzu ernst zu nehmen. Und wenn Sie vergessen, dass in jedem Raum lauter Leute sitzen, die die meisten Dinge besser können als Sie. Ich hatte das Glück, einige sehr bedeutende Menschen kennenzulernen. Daniel Barenboim, Margrit Sprecher, Michael Haneke, Alexander Kluge zum Beispiel. Keiner war eitel. Es geht also auch anders.

Es ist paradox: Sie machen sich nach eigenem Bekunden nichts aus Geld und verdienen Millionen.

Sie haben schon merkwürdige Vorstellungen von Schriftstellerhonoraren. Davon abgesehen, was soll ich schon kaufen? Ich kann die Miete, die Reisen, die Cafés, Restaurants und Zigaretten bezahlen. Viel mehr brauche ich nicht. Ich kaufe seit 30 Jahren die gleichen Jacketts, die gleichen Hemden und die gleichen Hosen. Meine Schuhe halten ziemlich lange. Und alle meine Vergnügungen haben nichts – oder doch nur sehr wenig – mit Geld zu tun.

Beschäftigen Sie einen Vermögensberater, der Ihr Geld für Sie anlegt?

Seien Sie doch nicht albern. Ich habe ein Girokonto bei der Sparkasse, das ist alles.

Auf die Frage, ob Sie ein Ferienhaus haben, antworteten Sie: »Ich möchte nichts besitzen. Es ist doch ein kindischer Gedanke, ein Stück von der Erdkruste besitzen zu wollen.« Millionen von Bausparern zeigen Ihnen einen Vogel, wenn sie das hören.

Zu Recht. Wohneigentum zu besitzen ist ganz richtig, es stärkt den sozialen Frieden. Jemand, der ein Haus hat, will keinen Krieg und keine Revolution. Das ist sympathisch. Ich habe das nur auf Ferienhäuser bezogen. So etwas ist albern, es ist ja immer besser, in einem Hotel zu leben.

Dank der vermögenden Vorfahren Ihrer Mutter sind Sie mit Tennisplatz, Schwimmbad, Hausmädchen, Köchinnen, Fahrer, Gärtner, Förster und Fuchsjagden zu Pferde aufgewachsen. Seit Sie neun waren

und bis zu Ihrem Abitur lebten Sie dann im Jesu-
iteninternat St. Blasien im Schwarzwald, anfangs
mit 30 Kindern in einem Saal, Bett an Bett, ohne
warmes Wasser, von Heimweh geplagt. Mit 13, so
haben Sie es einmal geschildert, schrieben Sie »selt-
same Theaterstücke, in denen Farben die Haupt-
rolle spielten«, mit 15 »Geschichten über die Lang-
samkeit« und »Gedichte, die niemandem galten«.

Mein erstes Theaterstück hieß »Das Duell«. Es
handelt von zwei Musketieren. Eigentlich waren
es drei, wie bei Alexandre Dumas, aber ich hatte
nur zwei Schauspieler, deshalb die Kürzung. Es
war vermutlich das schlechteste Stück aller Zeiten.

Ist es erhalten?

Ja, aber das bekommen Sie nicht, auch nicht
das Literaturarchiv in Marbach. Haben Sie eigentlich mal überlegt, wie das mit Marbach überhaupt
weitergehen soll? Bei mir gibt es zum Beispiel am
Ende nur einen USB-Stick. Tagebücher, Notizen,
Manuskripte, Briefe: alles elektronisch. Das will

man in Marbach sicher nicht. Außerdem ist es verschlüsselt gespeichert. Wenn ich morgen überfahren werde, gibt es keine Möglichkeit des Zugriffs.

Außer Ihnen kennt niemand den Code?

So ist es. Aus und vorbei.

Angenommen, ein Arzt sagt Ihnen, Sie haben noch vier Wochen zu leben. Geben Sie den Code einem Menschen, dem Sie vertrauen?

Nein.

Kein Interesse, dass künftige Biografen dank Ihrer Aufzeichnungen aus Ihrer Persönlichkeit schlau werden?

Um Himmels willen.

Selbst ein Thomas Mann hat verfügt, dass seine Tagebücher zehn Jahre nach seinem Tod zu veröffentlichen seien.

Was heißt »selbst«? Thomas Mann war ein

Jahrhundertgenie. Ich liebe seine Tagebücher und lese sie immer wieder. Auf die Versiegelung hatte er geschrieben: »Ohne literarischen Wert«. Das ist übrigens ein guter Buchtitel, auch für das, was ich schreibe. Vielleicht kann ich ihn mal verwenden. In dieser Beziehung ist mir die Nachwelt jedenfalls völlig gleichgültig. Sie schreiben doch immer nur für die Menschen, mit denen Sie die Welt teilen. Alles andere wäre Irrsinn. Und glauben Sie im Ernst, dass man selbst Thomas Mann noch in 800 Jahren liest? Schon heute: Wer liest Goethes *Werther* außerhalb der Schule? Und der ist kaum 250 Jahre alt und war das meistgelesene Buch seiner Zeit.

Wie haben Ihre Eltern auf Ihre juvenilen Schreib-versuche reagiert?

Ich habe ihnen nie etwas gezeigt.

Nach dem Tod Ihres Vaters haben Sie versucht, sich das Leben zu nehmen. Sie betranken sich, nahmen den Lauf einer Schrotflinte in den Mund

---

und drückten ab. Am nächsten Morgen fanden die Gärtner Sie in Ihrem Erbrochenen. Sie waren so betrunken gewesen, dass Sie keine Patrone eingelegt hatten.

Ganz offensichtlich ziemlich dämlich.

Wann merkten Sie, mit Ihrer Seele stimmt etwas nicht?

So würde ich das nicht nennen. Aber in der Grundschule wurde mir klar, dass etwas anders ist. Mein Gehirn koppelt zwei Sinneswahrnehmungen falsch. Wenn Sie so jung sind, können Sie nicht erklären, dass für Sie Menschen, Buchstaben, Gerüche und Musik gleichzeitig auch Farben sind. Sie kennen das Wort Synästhesie nicht. Sie glauben, die anderen Kinder würden das Gleiche sehen. Nach dem Tod meines Vaters versuchte ich, mich zu töten, das stimmt. Das war aber etwas anderes. Es ist ja verrückt: Sie versuchen, sich zu töten, wissen aber nicht, dass das eine Depression ist. Ich hatte auch dafür keine Begriffe.

———

Wie haben Ihre Eltern auf Ihren Suizidversuch reagiert?

Einer der Gärtner hat mich gefunden. Meine Familie dachte, ich hätte irgendwelche Dummheiten mit dem Gewehr angestellt. Die Wahrheit habe ich nicht erzählt. Es wusste also niemand.

Wie ist Ihre Familie mit Ihren Depressionen umgegangen?

Ich war ja meistens im Internat, meine Familie hat das nicht mitbekommen. Und ich wurde dann eben so, wie ich bin.

Haben Sie Hilfe bei einem Seelenarzt gesucht?

Erst viel später. Aber das ist zu intim, darüber sprechen wir nicht.

Liegen die Ursachen Ihrer Depression in Ihnen selbst oder sind äußere Faktoren schuld?

Ich habe eine endogene Depression. Die haben Sie leider Ihr Leben lang, aber Sie können lernen, damit umzugehen. Meine Rettung war Epiktet. Diese Depression war früher viel schlimmer als heute. Damals gab es nur grausliche Medikamente. Damit waren Sie von allem abgeschnitten, nicht mehr von dieser Welt. Heute komme ich gut zurecht. Was aber immer bleibt, ist eine Grundtraurigkeit, die alles durchtränkt. Sie ist wie eine Folie, die über allem liegt. Irgendwann gewöhnen Sie sich aber daran. Es ist nicht so schlimm.

Depressionen können erblich sein. Trifft das bei Ihnen zu?

Es gab Suizide in meiner Familie, in der Vaterlinie. Möglich ist das also.

Wie kündigt sich bei Ihnen eine Depression an?

Früher war es Öl. Also die Vorstellung, dass Öl von der Decke tropft und alles überzieht, dass es in mich eindringt, in jede Zelle, und ich am Ende selbst zu blauschwarzem Öl werde. Das ist einigermaßen vorbei. Heute ist es viel harmloser, es sind

Gedankenschleifen, aus denen ich nicht mehr aussteigen kann. Aber mit fast 60 habe ich eine lange Erfahrung damit. Manchmal helfen dann ganz einfach Dinge wie Spazierengehen, einen Freund treffen oder auch nur ein dämlicher Superheldenfilm. Sie dürfen alles tun, nur nicht rumsitzen und warten, bis Sie überwältigt werden. Sonst kommen Sie nicht mehr aus der Schleife raus, und das ist dann das Ende. Man muss vorsichtig sein.

Die Schriftstellerin Helene Hegemann fragte kürzlich: »Warum steht gerade eine ganze Generation mit einem Bein in der Klapse? Das sind keine individualpsychologischen Probleme, das ist ein gesellschaftliches Phänomen.« Sind Einsamkeit und Depression eine Zivilisationskrankheit unserer Zeit oder eine Menschheitskonstante?

Eine Menschheitskonstante, glaube ich. Warum gerade, wie Frau Hegemann es formuliert, »eine ganze Generation mit einem Bein in der Klapse steht«? Weil sie es kann. Heute ist das möglich. Das ging früher nicht, weil viele Ärzte Depressionen gar nicht erkannt haben. Ein zweiter Grund ist, dass zum ersten Mal in der Menschheitsgeschichte das Generationenversprechen nicht mehr gilt. Früher wurde gesagt: Wenn du dich anstrengst, wirst du ein großes Auto fahren, weite Reisen machen, ein schönes Haus kaufen und so weiter. Das alles ist heute sinnlos. Sie können über eine App ein Auto für ein paar Euro mieten, Sie fliegen bis ans andere Ende der Welt für 69 Euro. Viele junge Leute in der westlichen Welt und aus der Mittelschicht können sich kein besseres Leben kaufen als das, das ihre Eltern hatten. Eine Karriere, die auf Geld gerichtet ist, ist ganz und gar sinnlos geworden. Sie war es schon immer, aber heute ist das nicht mehr zu bezweifeln. Und schlimmer: Wir haben den nächsten Generationen eine zerstörte und vergiftete Welt hinterlassen. Wie also sieht Ihre Zukunft aus, wenn Sie heute 20 sind?

Kommt der Mensch fertig gestimmt auf die Welt, und sind deshalb Versuche von Erwachsenen, glücklicher zu werden, so vergeblich wie der Versuch, größer zu werden?

Goethe sagt das so, ja. Entscheidend ist wohl die Veranlagung, die Begabung zum Glück. Dennoch kann man es versuchen, manchmal hilft es. Das Absurde sind die millionenfach gedruckten Glücksratgeber, kaufen Sie die bloß nicht. Es reicht, ein einziges Buch dazu zu lesen: Senecas *Briefe an Lucilius*. Dort wird alles erklärt. Und das in einer Klarheit, die Sie sonst nirgendwo finden. Wie gehen Sie mit Feinden um? Wie reisen Sie richtig? Wie trösten Sie sich und andere? Wie verhalten Sie sich in Freundschaften, bei Krankheit, Schmerz und Tod. Lesen Sie also bitte Seneca. Er wird heute wieder sehr kritisiert, sein Leben stimme nicht mit seiner Philosophie überein. Er war der reichste Mann Roms und sei grausam zu seinen Schuldnern gewesen usw. Das mag alles stimmen, aber es spielt überhaupt keine Rolle. Es gibt ja auch Leute, die behaupten, Marc Aurels »Selbstbetrachtungen« stammten nicht von Marc Aurel, jemand anderes habe sie geschrieben. Auch das ist gleichgültig. Es geht nur darum, dass Sie kaum irgendwo Klügeres über das Leben lesen können.

Wofür einem jedes Verständnis fehlt ...

... als ob Sie bisher sehr viel Verständnis gezeigt hätten ...

... ist Ihre Entscheidung, nach dem Abitur als Offiziersanwärter zur Bundeswehr zu gehen.

Sie haben völlig recht. Natürlich hätte ich den Wehrdienst verweigern sollen, aber ich habe gar nicht darüber nachgedacht, weil jeder aus meinem Abiturjahrgang im Internat zur Bundeswehr ging. Das schien mir Bürgerpflicht zu sein. In Wirklichkeit war es natürlich eine Dummheit. Das mit dem Offiziersanwärter hatte vor allem finanzielle Gründe. Ich wollte mich dann auch noch als NATO-Soldat nach Brüssel schicken lassen. Das wäre das doppelte Gehalt gewesen, unvorstellbare 2400 Mark im Monat, steuerfrei. Ich glaube, ich wäre da so eine Art Mundschenk geworden. Heute, angesichts des Krieges in Europa, scheint die Idee mit der Bundeswehr allerdings wieder nicht ganz so falsch zu sein. Kompliziert, oder?

Hätte es ein Scheck von zu Hause nicht auch getan?

Ich bin in wohlhabenden Verhältnissen aufgewachsen, hatte aber selbst kein Geld. Nach ein paar Wochen Grundausbildung in der »Schule für Personal in integrierter Verwendung« in Köln fand ich alles abstoßend. Mit Müh und Not kam ich aus meiner Verpflichtung wieder heraus und landete für anderthalb Jahre in einer Schreibstube in Böblingen. Was jeden Tag zu tun war, dauerte ungefähr acht Minuten – man hatte aber acht Stunden Dienst. Der Horror dieser Zeit war die unendliche Langeweile. Dazu die scheußliche Kleidung, die Ungeistigkeit, und vor allem, dass ein anderer Ihnen jederzeit etwas befehlen konnte. Und es war auch sinnlos. Allen Ernstes: Wer sollte denn ausgerechnet Böblingen angreifen? Es war mir so öde, dass ich dort noch nicht einmal lesen konnte. Das gab es in meinem Leben weder davor noch danach.

Sie haben mal erwogen, nach Marrakesch zu ziehen und sich mit Opium anzufreunden.

Ja, unbedingt. Marrakesch stelle ich mir als perfektes Alterssetting vor: Eines der guten Hotels, am besten das La Mamounia, in dem Churchill gemalt hat und das er für den schönsten Ort der Welt hielt. Na ja, das ist lange her. Heute ist das La Mamounia ein furchtbares Influencerhotel geworden, in dem die Gäste ihr Essen fotografieren und ins Internet stellen. Es ist zu Tode renoviert worden. Aber ein leichter Opiumrausch wäre schon interessant, das Brutale und Anstrengende der Welt verschwindet, alles wird weicher, gedämpfter, gleichgültiger. Langsam weggleiten, so, als wäre

—

der Tod die beste Erfindung des Lebens. Graham Greene beschreibt das in *Der stille Amerikaner*.

Epiktet war Stoiker und plädierte dafür, mit Hilfe von Gelassenheit und Seelenruhe nach Weisheit zu streben. Den Tod, meinte er, müsse man nicht fürchten.

Die frühen Griechen fürchteten, im Hades als Schatten herumwandern zu müssen. Mit den Philosophen verschwand später diese Angst. Das war eine Befreiung. Der Tod sei der gleiche Zustand wie vor der Geburt, sagten sie. Und Epikur erklärte, solange wir sind, ist der Tod nicht da, und sobald er da ist, sind wir es nicht mehr. Also: Keine Angst. Daran hat sich bis heute nichts geändert. Das freieste Gedicht hat Lukrez darüber geschrieben. Dann kam die christliche Kirche und machte den Menschen mit Hölle und Fegefeuer Angst. Ich habe lange darüber nachgedacht, warum wir uns heute immer noch vor dem Tod fürchten. Tatsächlich ist es ja gar keine Furcht, glaube ich. Wir finden es einfach nur schrecklich, dass wir nicht mehr sind. Es ist also die Eifersucht, der Neid, dass die anderen weiterleben dürfen und wir nicht. Wenn Sie das einmal verstanden haben, verschwindet auch die Angst vor dem Tod. Übrigens ist das Sterben selbst überhaupt nicht anstrengend. Ich habe in meinem Leben zwei Nahtoderfahrungen gemacht. Ich war praktisch tot, und ich kann Ihnen versichern, es war sehr sanft. Sie schwimmen langsam weg, wie bei einer guten Narkose. Wie bei Propofol, wenn Sie das kennen. Die Angst vor dem Sterben habe ich jedenfalls hinter mir.

Wer ist in Ihrem Leben der wirkungsmächtigste Tote?

Mehrere: Epiktet, Marc Aurel, Seneca, Albert Camus, Giacometti, Thomas Mann. In meiner Kindheit und Jugend mein Vater und ein Onkel, der sich den Kopf weggeschossen hat. Ein beeindruckender Mann, den ich sehr mochte. Er war es, der mir Marc Aurel zu lesen gab. Später waren es dann andere Tote.

Nietzsche schrieb in der Götzen-Dämmerung: *»Damit es Kunst gibt, damit es irgendein ästhetisches Tun und Schauen gibt, dazu ist eine physiologische Vorbedingung unumgänglich: der Rausch.« Wie klingt das für einen Abstinenzler wie Sie?*

Im Alkohol- oder Drogenrausch kann man nichts herstellen, was am nächsten Tag noch Bestand hat. Das Schreiben selbst kann rauschhaft sein, aber es ist im Rausch nicht möglich zu schreiben.

Seit wann trinken Sie keinen Alkohol mehr?

Seit ich 23 bin. Vor ein paar Jahren habe ich an Silvester ein halbes Glas Champagner getrunken. Es war alles andere als erfreulich, die Einzelheiten erspare ich Ihnen, die ganze Nacht stand ein Eimer neben meinem Bett. Ich gehe nie auf Partys und nur sehr selten auf Feste. Mir ist es völlig gleichgültig, ob jemand trinkt. Manche werden ja ganz lustig. Aber schwer betrunkene Menschen ertrage ich kaum.

Bei Lesungen gehört es zum guten Ton, den Schriftsteller anschließend zu einer Flasche Wein oder einem sogenannten Absacker einzuladen. Wie reagieren Sie auf diese Offerten?

In meinen Verträgen steht, dass ich vor der Lesung mit niemandem reden muss und hinterher an keiner Feier und keinem Abendessen teilnehmen werde.

In Nachmittage *zitieren Sie einen Satz von Bill Murray aus dem Film* Lost in Translation*: »Je mehr man über sich selbst weiß und über das, was man will, desto weniger lässt man an sich ran.« Führt diese Haltung nicht dazu, dass man das Leben am Ende wie durch eine Schießscharte betrachtet?*

Man muss zwei Sachen im Leben dringend vermeiden: Eitelkeit und zum Zyniker zu werden. Wir sind von einem Meer aus Unsinn umgeben. Man will in Ruhe gelassen werden, und daran gibt es ja auch nichts auszusetzen. Die Dinge, die wir nicht verändern können, gehen uns schließlich nichts an. Aber im antiken Griechenland nannte man jemanden einen »Idioten«, wenn er sich nicht für die Angelegenheiten des Staates interessierte. Und es stimmt: Sie müssen verhalten am Leben teilnehmen, sonst werden Sie zynisch. Und dann sind Sie tot, bevor Sie sterben.

Angenommen, der Schwimmer Ihrer Toilette ist defekt …
    … ein Schwimmer?

Das ist das Ding, das den Wasserzufluss regelt.
    Ah.

Rufen Sie unverzüglich nach dem Klempner, oder denken Sie erst einmal darüber nach, wie unerträglich es ist, dass Dinge kaputtgehen und man dem Verfall nicht entkommt?

Das mit dem Verfall habe ich schon verstanden, dafür brauche ich diesen komischen Schwimmer nicht. Und wenn der Handwerker kommt – aber kriegen Sie mal jemanden in Berlin –, verlasse ich sofort die Wohnung. Ich gehe dann lieber ins Kaffeehaus.

Wann verlässt Sie Ihr Stoizismus, wann sieht ein Mensch wie Sie rot?

Ich sehe zwar nicht rot, wie Sie das ausdrücken, aber ich bin nun wirklich nicht immer gelassen. Denken Sie an die sieben Todsünden. Die stehen ja nicht in der Bibel, sie wurden im Kloster über Jahrhunderte im Zusammenleben der Mönche entwickelt. Die Todsünden beschreiben die menschlichen Schwächen. Alle diese Schwächen habe ich auch von Zeit zu Zeit. Aber es gibt Dinge, die ich nur schwer ertragen kann. Es sind nicht so viele wie früher, aber es gibt sie. Die lange geplanten, kalten Bösartigkeiten, die durchdachten Grausamkeiten, das Herabwürdigen von Menschen, der Verrat von Freunden – das alles halte ich nicht gut aus.

Gibt es bei Ihren antiken Lieblingsphilosophen eine Art Kernbotschaft, der Sie eine größere Verbreitung wünschen?

Ich will niemanden überzeugen, und es stört mich auch nicht, wenn meine Überzeugungen nicht dem Urteil der Mehrheit entsprechen. Aber einige Dinge könnten interessant sein. In der Antike gab es vier sogenannte Tugenden, von denen man glaubte, sie könnten ein Leben glücken lassen: Vernunft, Gerechtigkeit, Tapferkeit und Mäßigung. So steht es bei Cicero. Das Wort »Tugend« hatte damals natürlich einen anderen Klang als heute. Die vierte Tugend, also die Mäßigung, klingt trivial, ist aber entscheidend. Es ist ganz einfach: Alle Extreme sind falsch. Punkt. Paragliding in den Dolomiten ist falsch, Sexorgien sind falsch, Kohlsuppendiäten sind falsch. Genauso wie Hass, Wut, Brüllen und so weiter. Das Leben wird nur in der Mitte glücken. Das gilt aber natürlich nicht für das Denken. Und nicht für die Kunst. Dort geht es nicht um die Mitte, sondern da muss alles möglich sein.

Haben Sie ein Beispiel für Glück?

Nachdem in England ein älteres Ehepaar beim Lotto eine hohe Summe gewonnen hatte, wurde es von einem Reporter der BBC besucht. Kleines Häuschen am Stadtrand, hübscher Vorgarten, freundliches Wohnzimmer. Was die beiden mit dem Geld machen würden, wollte der Reporter wissen. Die Antwort lautete: einen größeren Fernseher kaufen und auf Weltreise gehen. Fernseher waren damals noch teuer. Zehn Jahre später gewinnt dasselbe Ehepaar wieder beim Lotto. Wieder eine Riesensumme. Der Reporter besucht die beiden erneut. Das Haus, der Garten, das Wohnzimmer, alles unverändert, nur der Fernseher ist größer. Er fragt, was die beiden jetzt mit dem Lottogewinn machen werden. Sie sagen: »Wir werden auf Weltreise gehen.« Darauf der Reporter: »Aber das wollten Sie doch schon vor zehn Jahren!« Die Antwort: »Stimmt, aber wir sind noch nicht dazu gekommen.« Das ist besser als Glück, es ist die Zufriedenheit mit dem, der man ist.

Im Internat haben Sie sich mit 15 beim Theater-spielen in Ihre Bühnenpartnerin verliebt. Sie schreiben darüber: »Ich kann mich nicht erinnern, jemals glücklicher gewesen zu sein.« Das ist für einen 58-Jährigen eine todtraurige Bilanz.

Finden Sie? Als ich 15 war, war das Theater-spielen für mich ein Zauber. Alles schien noch leicht, wir schwebten für einen flüchtigen, kurzen Moment. Das klingt ziemlich kitschig, ich weiß, aber damals war es so. Diesen Anfang kann man doch nur einmal erleben.

Macht Sie eine neue Liebe klüger, oder ist Liebe eine Erfahrung, der es nichts nutzt, sie zehn Mal zu machen?

Das kann ich nicht sagen. Ich glaube, dass wir nur ein, höchstens zwei Mal im Leben wirklich lieben können. Es gibt ja nur den einen Lebensmenschen. Meine Erfahrungen sind begrenzt, ich weiß jedenfalls heute kaum mehr darüber, als ich mit 20 wusste. Das Einzige, was einen älteren Menschen von einem jüngeren unterscheidet, ist ja, dass der Ältere besser weiß, was Zeit ist. Genauer, was vergehende Zeit ist. Ich weiß heute, dass die Dinge mit dem Ablauf von Zeit weniger scharfkantig werden, weniger verletzend. Wenn Sie einen geliebten Menschen verlieren, wissen Sie in meinem Alter, wie sich dieser Verlust nach 10 Jahren und nach 20 Jahren und nach 30 Jahren verändert. Das konnte ich mit 20 nicht wissen. Aber das ist schon alles. Es wird mit der Zeit auch ein wenig leichter, von sich zurückzutreten. Aber viel leichter wird es nie.

Wächst die Fähigkeit, Liebe zu geben, mit der Übung, oder ist sie seit frühester Kindheit eine Konstante, so unveränderlich wie ein Muttermal?

Auch das kann ich nicht beantworten. Ich fürchte, ich bin nicht sehr geübt, wie Sie das nennen. Ich glaube sogar, in der Liebe kann es gar keine Übung geben. Dafür ist sie zu selten. Jedenfalls für mich.

In einer Ihrer Geschichten erzählen Sie von einem Alten in Taipeh, der behauptet, jeder Mensch sei von Geburt an durch einen roten Faden mit einem anderen Menschen verbunden, ganz gleich, wie weit die beiden voneinander entfernt leben. Sie haben in Taipeh einen roten Faden bekommen und in Ihre Brieftasche gesteckt. Ist er immer noch dort?

Das beantworte ich nicht, es ist zu intim. Ich sage Ihnen aber, was mir fehlt: Ich vermisse das Heilige, es verschwindet allmählich aus unserer Welt. Das Geheimnis, das Wunderbare und Unerklärliche ist der tiefste Grund für Kunst. Wenn es das nicht mehr gibt, verschwindet auch sie. Dann ist alles durchdekliniert und sieht aus wie die Oberfläche eines iPhone. Das ist nicht mehr meine Welt.

———

»In der Leere tastend, versuche ich, den unsichtbaren weißen Faden des Wunderbaren zu erwischen«, heißt es bei Giacometti. Den kleinlichen, rachsüchtigen Feuergott des Alten Testaments finde ich unangenehm. Aber die Geschichten der Bibel sind oft poetisch, es sind große Menschheitserzählungen. Nur wollen sie das gar nicht sein – sie wollen Wahrheit verkünden, keine Märchen erzählen. Das Neue Testament, die Bergpredigt, das ist eine menschenfreundliche, warme Philosophie, den verzweifelten, verlassenen Christus kann ich verstehen. Trotzdem habe ich das Christentum immer als eine traurige, dumpfe und enge Religion empfunden, schon alleine das Kreuz als Symbol ist mir widerwärtig, ein Folter- und Tötungsinstrument. Die Kirche hat über Jahrhunderte den Menschen klein und hässlich gemacht, und ihr Konzept der Sünde stößt mich ab, die Römer betrachteten das Christentum als Sklavenreligion. Mir liegt der wirkliche ehemalige Sklave Epiktet in seiner Klarheit und Einfachheit mehr, der römische Kaiser Marc Aurel in seiner Einsamkeit, seiner Menschlichkeit und seinem Scheitern.

Zu Ihren Lebensbüchern zählt Der Leopard *von Giuseppe Tomasi di Lampedusa. Als Don Fabrizio, der Protagonist des Romans, stirbt, sagt er: »Ich bin jetzt 73 Jahre alt, gelebt habe ich davon ... alles in allem ... zwei, höchstens drei Jahre«. Auf welche Zahl kommen Sie?*

Auch bei mir waren es zusammengenommen nur zwei oder drei Jahre, in denen alles stimmte. Ich habe viel zu viele Fehler gemacht.

Lenny von den Simpsons *sagt: »Menschen machen Fehler, sonst wäre am Bleistift kein Radiergummi.«*

Lenny mit den lila Hosenträgern ist toll. Aber manches lässt sich nun mal nicht ausradieren. Sehen Sie, wir können jedem vergeben. Den Eltern, Kindern, Geliebten, den Freunden und selbst den Feinden. Nur bei uns selbst geht das nicht, das ist unmöglich. Wir können uns nicht einmal verzeihen, weil niemand sich selbst eine Schuld erlassen kann, das kann nur der Gläubiger dieser Schuld. Ihre Schuld verjährt nicht. Damit müssen Sie leben. Oder auch nicht.

Mögen Sie das konkretisieren?
Das wäre der nächste Fehler.

Das Interview führte Sven Michaelsen. Es erschien in gekürzter Form unter dem Titel Es gibt wohl eine Begabung zum Glück – ich habe sie nicht *in: Süddeutsche Zeitung Magazin, Heft 35, 1. September 2022.*

Inhalt

Ferdinand von Schirach

Nachmittage

176 Seiten, btb 77373

Ferdinand von Schirach erzählt von milden
Frühsommermorgen, verregneten Nachmittagen und
schwarzen Nächten. Seine Geschichten spielen in Berlin,
Pamplona, Oslo, Tokio, Zürich, New York, Marrakesch,
Taipeh und Wien. Es sind kurze Geschichten über die
Dinge, die unser Leben verändern, über Zufälle, falsche
Entscheidungen und die Flüchtigkeit des Glücks.
Schirach erzählt von der Einsamkeit der Menschen,
von der Kunst, der Literatur, dem Film und
immer auch von der Liebe.

»Die große Stimme der deutschen Literatur.«
ZDF Mittagsmagazin

»»Nachmittage‹ ist große Erzählkunst.
Man liest das Buch Seite um Seite mit atemloser
Spannung und innerlich bewegt.«
Mannheimer Morgen

btb